如果
云知道

Ruguo Yun Zhidao

陆建华 /著

百花洲文艺出版社

图书在版编目（CIP）数据

如果云知道 / 陆建华著. -- 南昌：百花洲文艺出
版社，2024.1
ISBN 978-7-5500-5318-2

Ⅰ.①如⋯ Ⅱ.①陆⋯ Ⅲ.①长篇小说-中国-当代
Ⅳ.①I247.5

中国国家版本馆 CIP 数据核字（2023）第 194353 号

如果云知道　　陆建华　著
Ruguo Yun Zhidao

责任编辑　杨　旭
特约编辑　张立云
装帧设计　云上雅集
出 版 者　百花洲文艺出版社
社　　址　南昌市红谷滩新区世贸路 898 号博能中心一期 A 座 20 楼
电　　话　0791-86895108（发行热线）0791-86894717（编辑热线）
邮　　编　330038
经　　销　全国新华书店
印　　刷　长沙市精宏印务有限公司
开　　本　889 毫米×1230 毫米　　1/32
印　　张　8.5
版　　次　2024 年 1 月第 1 版第 1 次印刷
字　　数　150 千字
书　　号　ISBN 978-7-5500-5318-2
定　　价　58.00 元

赣版权登字　　05-2023-356

网　　址　http://www.bhzwy.com
图书若有印装错误，影响阅读，可向承印厂联系调换

自序

　　小说的重点是"事"，也即叙事，情和景都是因事而生。写情是为了叙事，有的人写情，是将情单独拎出来写；有的人写情，是将情放在事中来写。将情单独拎出来写，稍不注意就有可能写过了，遮住了事；将情放在事中来写，用情衬托事，事就有了灵魂。作为一个写小说的新手，我在写这篇小说时尽量将情放在事中来写。写景也是为了叙事，可以客观地写，有意将情、景分离，把景写成事情发生的客观环境；也可以主观地写，通过情、景交融，把景写成事的一个部分。遗憾的是，我是一个用心看世界的人，不喜欢观察外面的世界，最不擅长的就是写景，所以，这篇小说中关于景的描写比较少。

这篇小说主要写两个"中师生"的"事"。"中师生"是一个特殊的群体，他们属于初中专，可以说是天之骄子，但是，他们中的绝大多数人没有留城的机会，而是回到了家乡，终生从事农村基础教育工作，其中的酸甜苦辣，不是其他人所能完全理解的。随着高等教育的普及，以及由此而造成的学历的"贬值"，他们的初中专的学历似乎也不被重视了，这是他们所遇到的最为尴尬的事，也是最让他们心里不服的事，因为这触及了他们内心深处的尊严和骄傲。基于此，我觉得我有责任写他们，写他们的工作和生活，写他们的乐观和向上，写他们的青春和梦想，写他们的奉献和奋斗。

我对他们是很熟悉的，因为我是农村人，也是"中师生"中的一员，曾在老家的初级中学工作过，我的多数同学依然在农村的中小学工作着，但是，真正提笔要写他们，却让我感到很困难。这困难不是写不出来，也不是不能写得"真"，而是难以克制自己的感情。在写这篇小说时，我无法控制住自己的情绪，感觉自己就生活在小说中，心情也不是很好，几乎是流着泪写的。可以说，这篇小说是一种情感的自然流泻的产物，而不是精心编织出来"故事"。

写完这篇小说，我想去我曾经工作过的那所中学看看。我的一个学生告诉我，那所中学早已旧貌换新颜，完全看不出当初的一点点模样了，就连学校北面的大水塘也被填了大半，而且校名也改了。听了这个学生的话，我无比的失落。想看看照片，才发现自己在那所中学工作期间没有留下一张照片。青春、汗水、岁月、往昔，只能留存于心里了。

看过这篇小说初稿的一个朋友，觉得写得比较好，特意问我是不是中文专业出身；我告诉她，我是"中师生"，如果说真的写得比较好，只是因为我动情了，与文字无关，也与我的文学水平无关。只要用情，就不会差。我想，我的读者一定也会有同感。

　　给自己的学术著作写序，我是轻车熟路；给自己的小说写序，这是头一回。不知道怎么下笔，想到哪写到哪，没有剪裁，更没有修饰，不过，这也许就是读者最想看的。真实地面对自己、面对他人、面对世界，是我的习惯。

写于2023年6月3日

　　"来了。"她起身，用左手把椅子往后拖了一下。"来了。"他坐在她的左边，又说道："你请客，你应该坐主位。"她笑了笑，说："就我们两个人，还分什么主位不主位的。"说到"我们"这两个字的时候，她的脸上泛起一点点红晕，苍白、浮肿中有了些生机。

　　三十三年没有联系，更没有见过，虽然生活在同一座城市。在来的路上，他一直想着各种尴尬的场景，见了面才发现这种想法是多余的。

　　"收到我的短信，惊讶吗？"她问他。他说："不惊讶，就等着你的召唤呢，还是让我等到了。"这是他的真心话，是从心底说出来的。

　　她说："如果你还记得我，你就会猜到是我发的短信，你就会来。你要是问我是谁，就说明你早忘了我，就不会有下文了。我不会回答你我是谁的。"他说："哪能忘。不用猜，就知道是你。"这年头，能够一直挂念他的，只有她，他想。

他说"哪能忘"的时候，她有些动情，看着他的脸，感到很满足，随即又平静了下来。他看到了，为了掩盖心里的波澜，他拿起茶杯抿了一小口茶，含在嘴里。因为有点烫，没有直接咽下去。她说："茶杯和碗筷都用开水烫过了，筷子都放在碗上面，没有放在桌子上。桌子和你坐的椅子我也用餐巾纸擦了。知道你爱干净。"他孩子般地笑了，说："烫。"她也笑了，笑得很开心。

一

三十六年前，他和她同在老家的农业中学任教，都是刚分配过去的新教师。不同的是，他是从省城师范学校分过去的，她是从县城师范学校分过去的。

她的老家离学校不过五里路，但是，她不愿意回老家，也不敢回老家。想到"家"，她就浑身不舒服，就觉得她的世界要塌了，末日要到了。

她渴望尽快成家。有了自己的家，就不要经常回老家；回老家有爱人陪着，也就不怕了。因此，她迫切需要找一个爱人。在县城师范学校读书时她就找过，找错了人。毕业后来农中，她觉得要找的那个人就是他。

其实，他给她的第一印象并不好。

他不喜欢吃稀饭，早晨从不到食堂打饭。他说小时候吃稀饭就是受罪，实在是吃不下去，在他嘴里稀饭是苦涩的，他好好学习就是为了不吃稀饭，就是为了有饭吃有肉吃。

大清早，他总是用很小的铝锅下面条，总是端着锅吃，还总是在她的门前晃悠。由于她住在他的西隔壁，没办法躲避他的晃悠。糟糕的是，他还是左撇子，左手拿筷子，看着别提有多别扭了。每当他吃到最后，喝汤时，她都不忍心看。他仰头喝汤，锅好像扣在他的头上，跟个叫花子似的。

"为了少刷一个碗，至于吗？懒吧。"她在心里说。"多刷一个碗累不死。"她在心里又说。"什么多刷一个碗，少刷一个碗的，本来就一个碗，本来就是刷不刷碗的事。"她跟自己计较起来。

校长喜欢打篮球，跟校长在一个队时，别人拿到球都传给校长，他得到球就往篮下狂奔，想着投篮，校长在篮下叫他传球他也听不见；跟校长不是一个队时，看到别人不防校长，他总是专门防守校长，弄得校长叹气。好在校长不跟他一般见识，不说他不懂人情世故，只说他书生气。

"篮球都不会打。"不仅她这么说，他和她的学生也这么说。他和她的同事不这么说，私下里说他好玩，是二百五。

"读书读傻了？书读再多，也不至于这么傻。"她认为他这是天生的。"好在读书的那根筋没傻，真是傻了，也考不上学校。"她像是在安慰他，也像是在安慰自己。

后来，更多的时候，校长安排他当裁判，而以前是没有裁判的。他当裁判，发现校长从不犯规，别人也不对校长犯规，就说校长球风好，好到别人都不好意思对校长犯规了。所有人听了都笑了，他也笑了，只有校长不笑，好像没听见他说的是什么。

懒是真懒。傻，不知是真傻，还是装傻。她都给他搞糊涂了。

颠覆她对他的印象的是，他居然敢打架。

她上课时，有个小混混趴在她的教室的后窗瞪着眼睛看她，故意喊叫，说她中国话都没说好，还说外国话。小混混虽然长得五大三粗，也不过十七八岁，比她小个岁两岁，满嘴粗话也掩盖不住一脸的稚气。

她照常上她的课，不予理会，倒不是有多害怕。她知道，只要不招惹小混混，就没什么事。果然，小混混觉得很无趣，又到他的教室的后窗怪叫。

他叫小混混立即滚蛋，消失在他的视线外。小混混说："家门口塘谁不知道深浅。"这句话刺激了他。他二话不说，冲出教室，捡起地上的半截砖头就朝小混混砸过去。小混混从来没遇到过这种阵势，拔腿就跑，还是被砸到了后背。他不顾一切地追小混混，他的学生也跟着他追。在回教室时，他还余怒未消，说："老子今天就是叫你知道一下深浅。"她从她的教室出来，看到这情形，不能理解。

傍晚，那个小混混带着两个人过来要复仇，在他的门前转来转去，不时吹口哨。他开门，拿把菜刀，对着那个小混混说："信不信老子弄死你。滚！"他说话的声音并不大，也不狠，就像在说一件寻常小事，那个小混混带着自己的同伴就走了。

对着小混混的背影，他大声说："不要动我的学生。做坏事之前，先问问是不是我的学生。"小混混居然停下脚步，回过头来说："知道了。"

这件事，令她十分震惊，也让校长和同事感到震惊，震惊于他身上竟然有一股野性。校长把他叫到办公室批评了他，嘱咐他不要冲动，告诉他能不用拳头解决的事就不要用拳头来解决，背地里却说："别看他平时文文静静的，没想到是条汉子。"

同事肖明接着校长的话说："没想到咱学校也是藏龙卧虎。真人不露相。他要是当老大，下面保证跪着一大片小弟。"

校长看看肖明，肖明不自觉地低下了头。肖明半年前去镇上买米回来，半路上就是被这个小混混脱了鞋，还罚了跪。学生看到了，跑来告诉校长，校长带着一帮子人赶过去才吓退了这个小混混。自己的新鞋没了，肖明是穿着小混混的旧鞋跟在校长后面垂头丧气回来的。

"真打，也打不过人家。怎么就敢打？不怕死吗？"
虽然觉得他不可思议，她对他还是改变了看法。

对他改变了看法，她就觉得他不是懒，是不会生活；
不是傻，真是校长说的那样，是书生气。

正因为不会生活，所以需要人照顾；正因为书生气，
所以才可以信赖。觉得他可以"信赖"，她想到了"托
付"，想到了自己。

"看着弱不禁风，一身豪气冲天。"她觉得他是真正
可以保护自己的人。

"要是砸中了脑袋，打伤了人，虽然是正当防卫，也
是防卫过当。不怕失手吗？"她又担心他的鲁莽和冲动迟
早会吃亏。

因为担心他吃亏，她对校长说："学生打架斗殴，学
校要管；教师打架斗殴，学校也要管。不能让学生跟着
学，学坏了。"校长露出一丝不易察觉的惊讶，很快镇定
下来，说："我已经批评他了。有些事出发点是好的，但
是，解决问题要用文明的方法，要注意保护自己。"

她还不放心，说："还要遵纪守法。"校长说："这遵
纪守法这一条，你跟他说，就说是我说的。你们是邻居，
又都是刚来不久的新教师，好沟通。"

二

她想知道他的想法，也就是他是不是听懂了校长的话，以后不冲动，不野蛮，讲文明，做到三思而后行。

第二天早晨，他端着个小铝锅准时出现在她的门前晃悠。她端着大半碗稀饭出来，靠在门框上，半开玩笑半认真地跟他说："看不出你敢打架，平时都是装的吧。昨天，你出名了。在学校出名了，在镇上也出名了。镇上的小痞子、小混混都要拜你为老大了。"

他怕她讲话时吐沫溅到自己的锅里，也怕自己讲话时的吐沫溅到她的碗里，退了两步，把锅几乎要举到头顶。她不知道这些，还以为他是过于腼腆，也想往后退两步，苦于无处可退。

他很平静、很认真地说："我是有一颗当老大的心，我做任何事都是不当第二的。不是我装，是平时没机会展示。注意，我用的是'展示'，不是'表现'。我是不喜欢表现的，我这个人随性而为，不喜欢表现自己。"

她不开玩笑了，顾不得想，一个数学教师还咬文嚼字，"展示"跟"表现"有区别吗？说："不能不打架吗？打架也不能解决问题，你不是不知道。你是教师，不论有理没理，影响都不好。"

他说："看情况。有些小事就是靠打架解决的。小混混来捣乱，影响教学，他们在校外今天脱这个学生的新鞋，明天脱那个学生的新衣。怎么办？找派出所？派出所的人能不认得他们？他们小错不断，大错不犯，派出所的民警也拿他们没办法。打一架，什么问题都解决了。不信你看看，我敢保证，他们不敢再惹我，不敢再骚扰我的学生。我打架，是教训他们、吓唬他们，他们不是社会上的那些真的地痞流氓，他们就是青春期叛逆。要真的是地痞流氓，不会来的，也看不上一双鞋子、一件衣服的。兔子还不吃窝边草。"

她喘了口气，还是放心不下，威胁他说："你吓唬他们，他们不知道。你万一失手了怎么办？就你这身板，你也打不过他们，万一被他们打伤了怎么办？"

他感受到了她的担忧，跟她解释说："打架靠的是气势，不仅仅是靠力气。把对方震住了，就行了。你看当老大的，有几个是彪形大汉？彪形大汉大多数是手下，是打手。我打架都是靠气势吓退对方的。我是不会受伤的，也不会失手的。你放心。"说了"你放心"这三个字，他又觉得不好意思。他跟她只是同事，她有啥放心不放心的。想到这，他向她笑了下，表示歉意。

她说："你拿砖头砸小混混的头，我看到了。要不是小混混跑得快，就砸到了。你这不是吓唬对方，是跟对方拼命。"对这一幕，她是看得清清楚楚的，当时也是紧张得要窒息。她恨不得飞过去，替小混混挡这一砖头。他不能出事，她想。

"是的。我当时是气急了，一时冲动，一时糊涂。下次注意。"他解释道。

她说："不要再有下次了。希望这是最后一次。这个小混混没有跟你胡搅蛮缠是你走运，真要缠下去，闹到派出所，无论你对你错，你都是有案底的人，因为你伤了人。你有案底，你这辈子就到头了。你就是有天大的本事，你也永远只能当一个农中教师，教研组长都当不上。你有案底，你就有把柄落在别人手上，你就得一辈子当孙子，除非你不想好了。"

她说这么多，主要是替他着急，不光是为了吓他。她希望他不要为自己的冲动吃苦头。她知道，他这种人是不可能被吓住的。没想到，说："我以后再也不这样了。能动手都不动手。你监督我。"

她听得出来，他是感激她的，他说的话是真的，不是说着玩的。她放心了，就说："主要靠你自己。没有人能管得了另一个人。"

他嘿嘿笑了，说："要么当老大，要么听老大的话。从此以后你就是我的老大，我听你的。"又说："早遇到你，我就不会被发配到这里了。"她问他这话是什么意思，他不说，闷着头钻进了自己的宿舍。

三

他是被贬，才回到农村的。凭他各方面的条件，他是能留在省城的，而且能留在他们师范学校的附属小学。

在附小实习时，附小老师听了他的课，认为人才难得，直接跟校长汇报，要把他留下来。校长很高兴，也很慎重，就带着几个老教师来听他的课，还把他的班主任以及分管毕业实习的师范学校刘校长也请来了。结果，他出事了，当着大家的面狠劲推搡了一个学生。那个学生靠墙，后脑勺撞到了墙上，顿时起了个大包。

要命的是，他还没意识到自己闯祸了，嘴上还说："就你不老实，我忍你很久了。"这句话说明他想整这个学生不是一时情绪上来，没控制住，而是蓄谋已久。错误就更严重了。

学生的家长来了，像犯了错误似的，一个劲地说自己的孩子太调皮了，上课不老实，该打，不能怪他。他的班主任是教他《小学数学教学法》的老师，曾是附小的数学老师，应对家长很有经验，一个劲地道歉，说会严肃处理他，还说医药费和其他一切费用由学校承担。家长说道："不碍事，不用去医院，回去用毛巾敷敷就可以了，不娇惯。"就拖着哭腔，拉着孩子走了。

出了这么大的事，班主任没料到，他自己也没料到。"怎么就一下子情绪失控了？你不是这样的人啊。从来没见你这样。"班主任问。"这小孩本来就很调皮捣蛋。他父亲还跟我说过，再管都不行，打了多少次都不见效。又是人来疯，看到你们来听课，更是逮着机会了。"他很委屈地说。

"写个检讨吧，不要在班里读了。我拿上去给学校领导看一下，再送到附小给附小的领导看一下。向家长赔礼道歉的事我来做，你就不要露面了。你露面，家长搞不好有情绪。"班主任说。

班主任希望学校能低调处理。主动写个检讨，认个错，能不能应付过去，班主任心里也没底。

"我没错。我怎么没有体罚其他学生，就体罚了这一个学生。他该被体罚。"他说。他还处在气头上，觉得自己倒了大霉，遇到这种学生。

"你怕不想背个处分毕业吧。"班主任看似是威胁他，其实说的是实话。

"体罚学生，又不是只有我一个人，其他人也体罚学生了，只不过他们做得隐蔽，都是在你们不在场的情况下，我做得光明正大。要写检讨，都要写。别人写，我就写；别人不写，我就不写。"他为自己辩解，没有考虑到后果。

"别人是否体罚了学生暂且不论。你这么做，会把大家都拉下水，你是要大家一起跟着你背锅吗？这一点你想过吗？"班主任急了跟他说。在班主任看来，事情已经不小了，再闹大，处分就是不可避免的了。

"检讨我是不会写的。学校该怎么处理就怎么处理吧。大不了回老家。"他说。"肯定是要回老家了。"他泄了气，又补上一句。

"背个处分在身，一年后才能撤销，档案上肯定有了。"班主任望着他，叹了口气。他看着班主任，说不出一句话。

学校最后是怎么处理的，他不关心，也不知道。离校前一周，班主任特意找到他，告诉他："档案上没有记录，以后不受影响。"又说："引以为戒，不要冲动。走上了社会，只能自己保护自己了，老师没办法保护你了。"他听了，说不出一句话，流下了感激的泪水。

班主任比他个子高，弯了弯身子，摸摸他的头，说："年轻，摔个跟头不碍事，爬起来往前走。老师相信你不会被这件事击垮。"然后，班主任从上衣的口袋里掏出一张照片交给他，说："这是我在天安门广场照的照片。拿着吧，做个纪念。"他双手接过，哭得更厉害了。他知道，从此以后他就不是学生了，他就是大人了，没有人会像班主任这样包容他、关心他了。

这些，藏在他心里，他不想告诉任何人，更不想说给她听。

四

他不想告诉任何人的还有，他被发配到这里，在他父亲看来是找人的结果，在他看来是找不到人的结果。

分配工作时，他想进镇上的正规中学，而不是这个农业中学。他父亲带着他到县城找人，找了县教育局的一个官。这个官是多大的官，他不知道，他父亲也不知道。这个官跟他家是什么关系，他不知道，他父亲大概也不知道，只说是他表叔。

晚上，到了约定的时间，到了这个官家门口的小院子，他死活不肯进去，他父亲一边说他没出息，不敢见生人，一边接过他递过来的、装了两条阿诗玛的黄书包就进去了。

十分钟不到，他父亲出来了，黄书包瘪了。因为事情办得顺利，他父亲高兴地对他说："你表叔说了，没问题。这两条烟他本来是不想收的，后来收下了，说是要送给局长的。分配的事，就靠局长一句话。"

就在他父亲跟他说话的时候，他看见不远处有两个身影迎面移过来。躲，是来不及了，他赶紧拉着父亲的右臂低着头往前走。

错过两个身影之后，他父亲小声说："刚才过来的这两个人，其中一个像是你同学，跟你住一个寝室，叫陈什么来着。他跟你一样，也是低着头。你们是不是吵架了？"他父亲去过他的学校，认识他的这个同学。

他丧气地说："看不出他也是来找表叔的吗？旁边那个是他舅舅。他舅舅在县税务局工作，以前，去过我们寝室几次，我认得。"

听他这么一说，他父亲紧张了，想回头看，被他拖着往前走。他说："不要看了，看不看结果早已定了。"他父亲不信，说："你表叔本事大，帮几个人忙都是小菜一碟。"

过了几天，表叔托人传话过来，说今年毕业分配，教育局原则上要让这批人去县里最艰苦的地方，支援这些地方的中小学教育，他被分到了县城以北三十里的小庙小学。

"这不离家越来越远了吗？"他父亲急了。"他妈的，离省城一百好几十里了。"他在心里骂道。

想不出好办法，他父亲急忙带着他第二次去县城找表叔。这一次，他主动进了表叔的家，用哀求的语气说，能去镇上的农业中学就行了。他父亲只会说"是是是"了。表叔夸他聪明，说农中虽说不好听，但是，好歹也是个中学，而且离家近，离城里也近，比留在县城都不差，县城离省城还有一百二十里呢。

临走前，他父亲把攥在手里的二十块钱往表叔的口袋里塞，表叔就说这个忙一定要帮，再去找局长，并熟练地往前挺了一下胸膛，口袋随即像是迎接这二十块钱的到来。他发现表叔的口袋好大，像是特制的。

又过了几天，表叔又托人传话过来，说是搞定了。再过几天，他去农中报到了，而他的那个姓陈的同学去了镇上的正规中学报到了。

从哪里来到哪里去。如果找不到人，没路子，毕业生都是回老家工作，回到自己所在的乡镇中小学。他们镇就这两所中学，不找人，找不到人，就是去农中。他后来是从同学的分配情况判断出来的。他没跟他父亲说，是不想让他父亲伤心，觉得自己没本事。

表叔所说的一开始分到了什么小庙小学，是没有的事，纯粹是表叔玩的小把戏："既收礼，又不办事，还把送礼的人吓得不轻，最后还能让送礼的人感恩戴德。"

表叔的套路，他是工作多年后才在一次次挫折中体悟出来的。

五

"他有秘密，并不像看上去的那样简单。"在听他说他是被发配到这里来的之后，她想。"既然是发配到这里来的，说明原来肯定很优秀，正常情况下是会留城里的；既然是发配到这里来的，一定是犯了错误的，而且错误不小。"她又想。

"到底是什么错误呢？"她想知道，又不好问他。"因为谈恋爱被学校处理了？"她知道在学校是不允许谈恋爱的，男女同学走在一起的次数多了都会被认定为谈恋爱。

"看他也不像个到处找女生谈恋爱的人，更不像个容易吸引女孩子的人。"她否定了自己的想法。可是，除了谈恋爱，她又想不出他会犯什么大错。

"会不会是因为打架？他打起架来很凶的，完全不像平时的样子。"她继续猜测。"以他的个性、人品，要打架也是路见不平，见义勇为。这即便不被表扬，也不会被批评，更不会被看作大错。"她猜不到了。

"属于好人无意中犯了错，而且这个错还是可以理解的。"由于对他的印象有了改观，她这么定性他所犯的错误。

不管是什么错误，毕竟是错误。没有人会听犯错的人的解释犯错原因的。她又为他担忧起来。

当他又端着锅出现在她面前时，她对他很认真地说："不要跟别人说，你是被发配过来的。说得多难听。牢骚话也要注意分寸。""你不会担心这个吧？我从来不在乎所谓形象，别人怎么看我不重要，重要的是我想干啥就干啥，想说啥就说啥。"他说。他是真的一点都不在乎地说的。

"什么都说，多幼稚。幼稚就幼稚，没什么不好。可是你不光彩的历史不要说，说了，给人抓了把柄攥在手上，不好吧。有些人不能成事，但是，能坏事。"她说出了心里话，说出了自己的担心。他嘴上说："你一个小女人还挺复杂的，心思还挺重的。"心里还想说："哪来的那么多世故？太世故了，不怕嫁不出去吗？"语气却软了下来。

她想说她是靠察言观色长大的，她担惊受怕惯了，她遇到任何事首先想到的一定是坏的一面，她没说。

见他语气软了下来，她说："好人不多，坏人也不多。甚至可以说，生活中既没有好人，也没有坏人，只有普通人。同情心人人都有，嫉妒也是人之常情。如果你想出人头地，就要防着点。"她又说："如果你觉得我庸俗，我就庸俗。"她没说："我的庸俗只对你。"

他对她有了好感，觉得她是在保护他，像他的母亲，生怕他出一点点小差错；又觉得她太成熟，成熟得只有利害，没有激情。但是，对于他和她之间，他没有太多的想法，也不允许自己有太多的想法。

六

她对他的好感，是放在心里的。有时，也会表现出来，并且是以他察觉不到的方式表现出来的。

工作将近一个学期，他们就九月底拿到过一次工资，后面的三个月没领到一分钱。没钱过年，校长要带着自己的这群手下去省城上访。临行前的一晚，校长决定以酒壮行，于是，十来个公办教师在校长的带领下聚在学校的会议室喝酒。

省城离得近，只有三十里路；县城离得远，至少有九十里路，而且还交通不便。校长想都没想就决定去省城，去找市教育局领导。

当食堂裴师傅端来两大盆牛肉粉丝时，校长看着粉丝里星星点点的牛肉丝，眼睛红了。学校账户上所有的钱都拿出来，能够买到的就是一斤牛肉、十斤粉丝和十斤散装酒。

他和她作为新来的教师，又都不喝酒，除了吃点粉丝，就是忙着倒酒，听同事用粗得不能再粗的话骂天骂地骂人，没有一丝教师的样子，也不顾及她是唯一的女教师，而且才十九岁。

也许是被这种喝酒的场景、气势感染了，她偶尔看他一眼，想叫他也喝。他明白她的意思，但是，不想喝。他不喜欢热闹，只喜欢一个人静静地待着。看着酒越喝越少，她明显急了，就叫他喝一点，她陪他喝。"暖暖身子也是好的"她说。她说话的声音几乎有哀求的成分，吵闹中他听不出来。

喝到脸红脖子粗，肖明想把剩下的两三斤酒解决掉，就说小杯喝酒，喝来喝去不过瘾，不如将喝酒的人分成两方，用碗喝，每方派一个代表喝，喝倒下了，再派另一个人上场，哪一方所有的人都倒下了，就算输。大家觉得这样刺激，就自动分成两方。校长很高兴，就说酒不够，再去小店买，再买十斤，顺便再买几包花生米，先赊着。裴师傅听了，出门去了小店。

她忽然红着脸大声说男人都得喝酒，他不能搞特殊化。大家不由分说，把他分到了肖明那一方。他随即也大声说是个人就得喝酒，她也不能例外。于是，她被分到校长那一方。

她从沾第一口酒开始就醉了，他喝完第一碗就支撑不住了。他和她到底喝了多少酒，没有人知道。所有人都烂醉如泥，给他和她倒酒的肖明也醉得只会倒酒了。

她记不得是怎么把他拖到宿舍的。只记得把他推倒在床上，给他盖了被子，蒙住头，又把他的椅子拖到床边，倒了一杯水放在椅子上之后，又用自己的锁从外面把门锁上了，她就在门外的刺槐树下吐了一地。

扶着刺槐树吐的时候，她想到了舒婷的《致橡树》，她有她就是他的刺槐树的感觉。"这就是命吧。"吐过之后，她异常的清醒。清醒，让她宁愿醉着。

第二天中午时分，他醒了，看到床单一片狼藉，都是他的呕吐物也不管，喝了大半杯子水又睡过去了。他感觉太累了，像死了一样。

他不知道的是，肖明早晨来敲他和她的门，看到他的门居然锁着，惊讶之余回头看了一眼校长，不自然地敲了一下后，跟校长说："这小子的门锁着，昨晚没回宿舍。"迟疑中，肖明又要去敲她的门，校长假装没看见他门上的锁，连忙说："不敲了。她昨晚也喝多了，醒不来，就让她多睡会。我们走。多一两个人少一两个人，不耽误事。"

"这小子去哪了？是不是在她房间？两个人干好事了？"肖明充满了绝望和嫉妒，故意问校长。"不瞎猜。回来后你要是吃饱了撑的，你就问问。"校长压住了他的话。

这样，大家才走。

他不知道的还有，大家走了后，她悄悄地开了他的门，把蒙在他头上的被子往下拉了拉，又用手指放在他鼻子前试了试，判断他是不是还有呼吸，然后轻轻地关上了他的门。她想看看他醉得怎样，又怕他忽然醒了。

他更不知道的是，她是有意叫他喝酒，有意把他喝醉的。她不希望他参加上访，因为容易激动的他一旦情绪失控冲撞了领导，后果不堪设想。暂且不说，在她的想象中上访本身就不是一件光荣的事，如果事后追责，人人都得担责任。

她的父亲是右派出身，吃了二十年亏，平反了，也老了，回不到县里了，在村里的小学当个教师。县里怎么会要一个老人当秘书呢。他父亲以前是县委书记的秘书。"多想想后果，不冲动"，是她父亲的口头禅。

他的冲动，是她最担心的。至于为什么要帮他，她不清楚，就是觉得他需要帮。潜意识里，她是清楚的，帮他也许就是在帮自己。

几天后，县教育局来人了，镇政府也来人了。教育局的人一个劲地解释，说他们管教育、管教师，不管教师的工资。镇政府的人一个劲地道歉，说县里实行财政包干，教师工资是他们发，但是，镇里财政紧张，对不起大家了，他们自己也三个月没发工资了。这些，他是知道的。因为县教育局的人和镇政府的人害怕他们再闹事，把所有公办教师叫到会议室开了个会，说了各自的难处。

后来，还是校长从当包工头的小舅子那里借了一千块钱发给大家先过年。这个，他也知道。这是会计发钱时告诉大家的。

<h2 style="text-align:center">七</h2>

校长是个明眼人，不是在喝酒的那晚才看出她对他的特别；校长也是个过来人，年轻时爱过人，娶的不是自己爱的人。校长希望她和他能成。

看她把对他的感情放在心里不好受，校长说："如果真的喜欢，任何人都不可替代，就去追。放在心里的爱情不是爱情，追到手的爱情才是爱情，爱情是要开花结果的。"这话，明明是说给她听的，校长好像又是在说给自己听。所以，校长说这话的时候很柔情，也很沧桑。

她说："追不上。他是注定要走的人，这地方只是他的小客栈，不是他的家，不是他的归宿。"这话，她跟自己也说过很多次。每说一次，自信、希望就被浇灭一次。"追到了，这里成了他的家。他后悔，我也会跟着后悔。他不一样，不像我。"她又说。这话，她不说出来，很煎熬；说出来，很绝望。

"不可以一起走？你也可以考研。考上了，你们就比翼双飞了。我放你们走，不阻拦你们。你们走了，我再到县里要人。我们这虽然是农业中学，是农中，但是，离城里近，不怕没人来。"虽然他瞒着所有人准备考研，但是，瞒不了校长。

校长鼓励她，给她指路，想消除她的顾虑。她说："我考不上。没这个信心。我不是有大志向的人，改不了。"说得很苦闷，来不及惊讶校长居然也知道他考研。

一个中专生，没上过高中，没读过大学，就直接去考研，是不可能的，她认为。当初能考上师范学校，已经是拼了命了，用尽了智商了，她为自己辩解。

校长不死心，说："先谈着，感情深了，真的相爱了。他先走，然后带你走。你们也可以先结婚，不一定要等到他考上。"校长说这话是有把握的。在校长眼里，他是不会辜负她的，他想有坏的念头都不可能，因为他不会有。

"分他的心，不好。因为分心而考不上，他不怪我，我都要怪自己。"她说。在心里，她其实是想说："他不可能为了感情而耽误学习的。他是不可能谈恋爱的，有理想的人都是专注的。"在心里，她还想说："这种人是专情的，但是，在理想和爱情之间，爱情又是可以暂时放弃的。"

校长觉得她想多了，有点把事情看得太复杂了，就不劝她了，说了句："你不要后悔就好，"就不说话了。校长本来是要说："你不要像我一样后悔就好"，觉得把自己牵扯进来不好，就改口了。

"他考研的事，就跟您和我说了，您不要跟其他老师说。他怕别人知道。"她恳请校长为他保守秘密。他是一个藏不住心思的人，说不定哪天一激动就说出了做过的错事，被别人记下了还不知道。"狗改不了吃屎。"她想不到恰当的词，情急之下只想起了这句话。

"他是只跟你说了吧？"校长温和地笑了。"他一天到晚闷在宿舍，不打牌，不喝酒。他在干什么？他能干什么？只能是学习。他要是参加自考、函授或者成人高考，他学英语干什么？这些都不考英语。我不要猜都知道他要考研。"校长又说。

"他英语底子很差，借了他们班学生初一时的英语书，从头学起。说明这小子有决心，有干劲，值得你喜欢。别看他从来不跟我套近乎，我也从来不找他谈话，我了解他。"校长看着满脸通红的她，继续说。

"我是有一次开水烧多了，给他水瓶倒点水时发现他桌子上有《新概念英语》，还有大学中文系的教材，感到奇怪，问他，他才说的。一个数学教师，桌子上摆着大学教材由不得我不好奇。"她解释道。

"他学生时代数学很好。他的初中数学老师跟我是小学时的同学，说他数学方面天赋异常。要不然，一个刚来的中专生，我也不会给他直接教初三数学，拿初三学生给他练手。事实证明，我是对的。他教得不错。"校长得意地说。"他要不是上了中专，是不会考中文专业的研究生的。"校长又惋惜地说。她怀着对他的敬佩点了点头。

于是，校长趁机又说："机会难得，看你是否珍惜，是否抓得住。""他和我是不可能的。我不是没有反复想过。"她对校长说了实话，只是没说她曾经尝试过。

八

在发现他要考研的秘密之前，她对自己是充满信心的。学校就她一个年轻的女教师，而年轻的、没有女朋友的男教师倒有四个。她认为他会像其他三个男教师一样，有意无意地接触她。他每天吃早饭时在她门前晃悠，偶尔聊两句，在她看来就是在套近乎，给她的错觉是他也想追她。只是一开始，她并不看好他，觉得他懒散、书生气太重，有点傻。

等到看到他打架，觉得他有血性，她才真正注意他。由于注意他，她又担心他不合群，性格孤僻，因为他除了上课，平时就待在宿舍，门还关得紧紧的。有一天中午，她故意路过他的屋后，透过窗户看到他端坐在书桌前看书，才知道他整天闷在宿舍的真正原因，并为此而惊喜。她要的就是这个。不是很放心，当天晚上她又故意睡得很迟，去看看他的窗户是否还亮着灯。如她所愿，他的宿舍的台灯亮着，像它的主人一样，没有疲倦感。

他是真在学习，不像别的想追她的教师有事没事都在她面前拿着本自考或函授类书装学习，她对他的好感加深。

"这种人自尊心强，是不会主动的，即便内心里翻江倒海。"想到这，她决定主动出击，追他。她给他送开水，纯属找个借口进他的宿舍。"在房间里更容易产生好感，因为那是两个人的世界，仿佛全世界只有两个相依为命的人。"她想到了心理学。

当看到他书桌上醒目的《新概念英语》第二册的一刹那，她被惊到了，再看到中国古代文学方面的教材，她瞬间垮了。他是要考研的，他是要走的，他是要彻底离开这个地方与这个地方彻底隔断联系的。她想追他的勇气被击垮了、没有了。

他看出她的异常。他以为她是因为窥破了自己考研的秘密。于是，他笑着说："不要跟任何人说，我是考考看。"说得很尴尬，笑得也很尴尬。"志当存高远。你想一飞冲天一鸣惊人啊。"她强装镇定，以玩笑的口吻说道。

"你不是什么都不在乎吗？怎么考个研就怕别人知道呢。"她又说顿感有失望、失落在其中。她觉得考研的事他应该告诉她。"还没有到跟大家说的时候，到时候我会跟你们说的。"他的左手在身上擦了擦说。

"考上了，临走之前跟大家打个招呼道个别。是这个意思吗？"她毫无理由地逼问他，意识不到自己的失态。他没有感受到她的责备，说了心里话："主要是没把握。你知道，我英语很烂，中考就考了十分，全靠其他各门课填了英语的坑。考研不一样，总分要合格，每门课也都要合格。所以我没把握，不想让你们知道。"

虽然他说的都是实话，她心里就是不平静不平衡，感觉被骗了，感觉他就是应该告诉她，就是不应该瞒她。说了"放心。我不会说的。万一有人知道了，肯定也不是我说的。"她拎着水壶走了，走得很不甘心。

从此后，她放下了追他的想法，感觉这次是真的失恋了。在自己的宿舍，她蒙着被子哭了一夜。泪水浸湿了她的发丝，也潮湿了她的梦。

九

在跟她谈话之后，校长不死心，觉得这桩好的缘分不能没开始就没了。转过身，校长又找到了他。他以为校长要批评他，批评他教书不好，对学生不负责任，手和脚都不自在。校长却说："你上课不错，学生对你的评价也不错，作为一个新教师很不容易，毕竟是名校出来的。"校长说的名校是指省城师范学校，这个学校在全省师范学校中是最好的。这一点，他是知道的。弄清了校长的意思，他的手脚这才松弛了下来。

"我会继续努力的。不瞒您说，我要考研，瞒也瞒不住。正愁不知道如何跟您说，不如现在就向您汇报。不过，您放心，我是不会耽误学生的。我也是从农村考出来的，我有良心。"趁着校长对他教学的肯定，他向校长认真地说道。

校长"哦"了一声，而且这一声很长，像是第一次知道他要考研似的，表现出应有的惊讶，然后很关心地说："人往高处走。年轻人有理想，我支持。我也相信你不会耽误学生。"

讲到理想，他来劲了。校长耐着性子听他讲了一通以后，打断他，叫他不要太用功，不要太累，不要把身体弄垮了，这才回归正题，语重心长地说："学习之余也要调节调节自己，精神不要老是绷着。如果有合适的，不妨谈谈恋爱，作为学习之余的放松，也不耽误学习。"

他说他考上研究生之前不谈恋爱，这是在决定考研时就立下的誓言。当初这个誓言是怎么立下的，他没说。他只想独自舔舐伤口。

年轻的、未婚的、没谈恋爱的女教师，学校里只有她。校长对他的话很失望，就直说了，说她不错，懂事，他也需要这样一个人。校长还说："事业在哪里都可以做，失去了这个理想，还会有那个理想，失去了一个人，就找不回来了。"

听到校长说："失去了一个人，就找不回来了"，他强忍住泪水。他有很多话要说，又说不出口。

看他不吱声，校长着急了，又说："对的人只有一个，不要错过。错过了才意识到错过了，就迟了。"后面的"我就是个例子"，校长咽了回去。

校长说不出口的例子是，他自己分配时分到了省城，他的女朋友留北京了。他要分手，理由是相距太远，结婚等于没结婚，还拖累她。她不同意，说先结婚，再找机会调动，就算调不到一块儿，退休了就不分离了。最后是他走了，她坐在公园的杨柳树下，背靠依依杨柳，面朝路灯下昏暗的水面，没想出好办法，就跳了下去。这成了他永远的痛，抹不去的痛。作为惩罚，他被贬到老家，来到了这所学校，成为这所学校的第一位公办教师。

校长看到他的脸红了，低着头看着墙角，嘴巴动了几下，说不出话，也从他的视角低着头看着墙角，想发现他在看什么。

他脸红，不是因为被窥破了秘密，因为他对她有感觉，是写在脸上的。他脸红，是因为他不愿意有人直接说出来。这样，他就可以像没这回事一样，不想这些。

憋了有一分钟，他找到了理由，说："我不能谈恋爱。我是一根筋，同一时间只能做一件事，想不到别的。要叫我同时做两件事，超出了我的能力。"校长看他窘迫的样子，笑了笑，说："谈恋爱又不是做事，说不定还能提高你看书的效率，激起你进一步奋发向上的斗志。不谈恋爱，你是为你一个人奋斗，谈了恋爱，你就是为两个人奋斗，更有责任感。"

他从校长的话中找到了借口，说："为两个人奋斗，我压力更大。压力太大，我就崩了。"

校长见他如此坚决，只好给自己台阶下，对他说："如果没想好，就不要开始。"又像是自言自语："到我这个年纪，啥都不重要了，唯一重要的就是有一个懂得自己的人。这世界人多，懂自己的人到哪里找。"

后来，校长也对她说："如果没想好，就不要开始。"对她说，校长不是给自己找台阶下，是经过深思熟虑的。

十

他不想在这个时候谈恋爱。

自从留城没有了希望，他就等待着失恋，失恋也如期而至。

在等待分配的那段时间，对他而言最煎熬的不是分配到哪里工作。"在哪里工作都一样，反正迟早是要走的。"每次想到分配，他都这么给自己减压，又给自己打气。最煎熬的是，等不到她的信。这个"她"是他的师范同学，家住在省城，理所当然地留在了省城，而且还留在了师范附小。

每一个夜晚，他躺在凉床上，想着她。实在睡不着，他就看着月亮，数着星星，想着她也在看着月亮，数着星星，盼着第二天能够收到她的信。能够收到她的信，他就满足了，就觉得这恋爱值了，就觉得她也认为他们爱过。他不在意她的信的内容，内容对他已经不重要了。

整整七月份一个月都等不到她的信。他不相信她不会给他写信。写临别赠言时，他留了家庭地址，他怀疑镇上的邮局把她的信弄丢了，又没有证据。

从八月份开始，他就有点相信她不会写信了，怀疑他和她之间也许是一种错觉。说是错觉，也是对的。晚上睡不着的时候再看月亮，他感到孤单，他认为她不再看月亮了。数星星的时候，他闭着眼睛数，他想让自己睡着。"睡着了，就不想她了，心就不疼了。"他对自己说。

他和她同学四年，好像就一起走过一次路，说过一次话。那还是因为三年级时，班主任为了提高大家的组织能力，实行班干轮流制，让每个人至少当一个月的班干。他和她作为班干，分在一起值日，晚自习时一起去检查寝室。

由于学校禁止谈恋爱，禁止男女同学密切接触，他和她靠着眼神爱对方。彼此看一眼，就看到对方的内心了。这种感觉，他后来再也没有过。

检查到她的寝室，她指着靠窗子的床铺说："这是我的床。"顺着她的手势，他小心翼翼地坐在她的床铺上，没敢看她的床单、被子和枕头，只觉得她的床铺好软。沉默了一会儿，她说："走吧。"他们就去了别的寝室。

在回教室的路上，他和她变得都不会说话了。他听到她的重重的呼吸声。他的重重的呼吸声，她也应该听得到，他想。

在教学大楼门前，他看了看她，碰到了她看他的目光。路灯下，他和她都没有躲闪。他不想再往前走，后悔刚才走得太快了。她站在他身边，低声说："走吧。以后有机会。"这"以后"是什么时候，他当时想都没想，以为很近。

上楼梯时，他忽然有了勇气，想拉她的手，她躲了一下。"如果在路上拉，她不会拒绝。路灯下的梧桐树叶的影子好美。"他想。他后悔没有在路上拉她的手。

好不容易熬到九月份，熬到开学，他决定写封信给她。他有她的家庭地址。他要得到明确的答案。

写信，他不知怎么写，写了好几个开头，写了好几封信。一想到这是他第一次也是最后一次给她写信，他就趴在桌子上痛哭。泪水打湿了信纸，也打湿了他的爱情。

没有一封信能够写完。他把这些信装在一个大信封里寄给了她。由于怕超重，他贴了三张邮票。

在邮局的邮筒前，他徘徊了多久，他自己都不知道。往来的人也不知道，只是用异样的眼光看着他。"不给她写信，还有希望。给她写信，就结束了。"他想。

给她写的信都是同一个主题——分手，虽然他没有直接用"分手"这个词。不用"分手"这个词，是因为这个词太伤他，也是因为他还心存一丝幻想，在绝望中幻想希望。"手都没有拉过，怎么能说是'分手'呢。"他为自己辩解，不觉得自己好笑。

恍惚中，听到有人喊他，他才慌慌张张地把厚厚的信件硬塞进了邮筒。信件塞进邮筒的瞬间，他感觉像有一把匕首捅进了自己的心脏。

给她写了信之后，他就一直等她的回信。他坚信她会很快回信的。"单纯地出于礼貌，她也应该回信的，更何况还是同学。"他想。"同学"之外，他们还是什么，他不愿意想。至于回信的内容是什么，他不敢想。

"收到她的信，不当场打开，回宿舍再拆。关了门之后再拆。"他反复告诫自己不要心急。

可是，他没有等到她的回信。他的心死了。他的爱也死了。他要集中全力考研，并且通过考研证明自己。

十一

在师范学校读书时，有一年寒假返校，从火车站转公交车，乘公交车时他想心事，坐过了一站，坐到了八中门口。八中还沉浸在寒假中，没开学。他看到了八中校门口悬挂着的预祝考研成功的大幅标语。

出于好奇，他问班主任"研究生"是什么意思。班主任是师范学校毕业，没上过高中，更没读过大学，被问住了，就叫他去问问别的读过大学的老师。

他问语文老师，语文老师正在准备考研，对他问这个问题感到很突然，就跟他说，大学生毕业了，想要继续上学，就要考研，考上了，就是研究生。他想，自己连高中都没上过，问这个问题太突兀了，就说了在八中门前看到关于考研标语的事。

语文老师觉得他既然问了，就可能有想法，就鼓励他说："考研，不一定都要大学本科毕业才可以考。专科生也可以考，中专生同样也可以考，复试时加试两门专业课就可以了。"

他问"复试"是什么意思，是不是要考两次的意思。语文老师很郑重地说："这个，三言两语说不清，想考的时候找我，我们慢慢谈。不想考，问得太细，意义不大。"他感到语文老师是希望他考研，不要满足于当个小学教师。能留在省城，他只能去小学。

没想到，他真的要考研了。离校前两天，语文老师找到他，叫他考研。语文老师说，考研是靠自己本事回到省城的唯一的一条路。

真要考研，他慌张了。语文老师看出来了，说："不要怕。考研，跟你的学历没什么关系，跟你的用功程度有关系。我相信你一定能考上，你也要相信你自己。"

他毫无自信地说："我什么都不懂。考什么内容，要看哪些书，我都不知道。"语文老师说："这个你不用担心，你只要好好干就行了。我们都考古代文学吧，这样，考试科目和教材大体都是一样的。"见他点头了，语文老师又说："你要看的书，郑老师照着我开的书目都给你买好了放在我这里，离校前到我宿舍来一趟，取走。你们毕业，他是最忙的，顾不到你们每一个人。"

语文老师口中的"郑老师"，就是他的班主任。班主任还记得他曾经问过考研的事，希望他通过考研拯救自己，改变命运。他觉得这辈子最对不起的就是班主任。因为他的事，班主任挨了批评，本该加的一级工资也给取消了。

多年后，他经常想，"考研"跟他有缘，他命中注定是要考研的，他实习时体罚学生或许是天意。"失去她也是天意？"想到师范时的"她"，他又怀疑天意了。

十二

如果不考研，不准备永离开这里，他觉得自己会接受她的，这是肯定的。不仅仅是别无选择，就是有选择，他也会选择她。她懂他。他觉得就这一点就足够了，因为懂他的人，他以前没遇到过。他知道自己不好懂，自己有时都不懂自己。

不过，如果他不考研，他觉得自己可能就没有接受她的机会。"如果我不考研，她会注意我喜欢我吗？"他想这个问题，不是想摆脱她给他带来的烦恼，而是真的把这个问题看作问题。他想问她，又没问。问了，他也不相信她的回答，他宁愿相信他追不到她。

"她自己没有能力离开这里，是想让我带着她一起走。婚姻是她离开这里的捷径。女人总是比男人多一条路，男人总是比女人少一条路。没有希望的男人根本就没有路，一条路都没有。"他想。

她想进城，想离开这里，可以找城里的门卫、厨师，甚至可以找城里的头脑不清楚的人，但是，他想进城，想离开这里，城里当门卫、当厨师的女人不会找他，城里的女傻瓜可能会找他，找他，他也不敢要。想到这，他觉得还是当个女人比较幸运。"居然羡慕女人。"他鄙视自己的这个瞬间闪过的念头。

"看她也不是那种人，不是把人生绑在婚姻上的人。"他觉得把她想得太俗了也不好，想得太俗了自己也掉价。喜欢他的女人，不应该太俗，太俗的女人也看不上他。觉得她不应该太俗，他就有些慌乱。

"她不是喜欢我这个人，而是喜欢我的才。如果我没有才华，如果有比我更有才华的人近在眼前，她不会看我一眼的。"他又想。他幻想有一个人看不到他的才华，不在意他有没有才华，就是看中他这个人，喜欢他这个人，死心塌地，没有缘由。他认为这样的女人才是真正喜欢他的女人，这样的女人才配得上他的才华、配得上他的爱。

"如果我考研失败，我没有才华了，她还会跟着我吗？她不会放弃我吗？跟着我、不放弃我，不会后悔、不会怨恨我吗？"他问自己，长长地出了一口气，没有叹息的声音。

"如果不是在这里，是在城里，她会选择我吗？不会。荒岛上的一对男女一定会相爱，因为除了眼前人，没有第二个可供选择的人，又需要相互支撑着活下去，谁也离不开谁。"在他眼里，农中就是个爱情的荒岛，农中的教师只有将就的婚姻，没有纯洁的爱情。也就是说，只有做爱，没有爱。

这么胡乱地猜测她的心思，把她想得太不堪，他有时觉得自己很龌龊，很对不起她。"是不是我自己就是这样龌龊的人，想不出干净美好的东西，从而把她想得也龌龊了。"他怀疑自己。

十三

肖明是很精的，喝酒的时候，就看出她看他的眼神不对，酒也醒了大半，知道自己没戏了。大清早看到他的门被从外面锁着，就想到他俩估计已经上床了，正搂着。要不然，实在想不出他能够去哪里。

傍晚回来，肖明没进自己的宿舍，而是直奔他的宿舍。他门上的锁不见了。推开门想看个究竟，看到他像是刚从睡梦中爬起来的样子，还穿着吐了一身的衣服，觉得自己早晨也许是过于敏感了，就说："早晨叫你，喊破了嗓子你都听不见。以后不要喝酒了，就说自己不会喝，滴酒不沾。这样就没事了。别看大家平时斯斯文文，见了酒又都像个酒鬼，是不要命的。"

他心头一热，但是，顾不上感谢，急着问了校长带着大家去省城上访的结果。他急于用钱，准确地说，是家里急于用钱，急于用钱过年。肖明只说是校长一个人代表大家见局长的，他们这些人在接待室待着，就没再说什么，看着他叹了一口长气。

关键是，是谁锁了他的门，肖明觉得奇怪。

正奇怪着，她的门开了，她出现了，说他昨晚喝多了，像死猪一般，没有闩门，为了安全起见，她用她的锁锁了他的门。

肖明听了有些怀疑，又觉得放心了，重新燃起了希望，就不无醋意地说："你还是很细心的。"她的脸不自觉地红了起来，说："他进宿舍都不知道关门了。我看他门敞着，就锁了。"

"我以后喝醉了，门敞着，你也要帮我锁门，不能偏心。"肖明找话说，又有意无意地说："有人照顾着，是一件多么奢侈的事。"

"一视同仁，放心好了。你得给我这个机会。"她恢复了镇静，故作轻松地说。"不见得。"肖明说。

"要不你现在进你自己宿舍，我来锁给你看。"她笑着说。"我都被你锁在房间里面了，哪能看到呢。"肖明说。

"你进宿舍，她来锁，我来帮你看。"他凑上去说。他不想肖明说这些穷酸话，又对肖明说："没人照顾，我照顾你。只要你不嫌弃。"

肖明知道他是在护着她，帮她解围，就不好逗下去，不情愿地说："你们聊，我进屋了。我要补补觉。昨晚喝得太多了，照死喝，今早起得太早，受不了。"

　　肖明住在她的西隔壁，他听到了肖明插门闩的声音后，才对她说了感谢的话："昨晚谢谢你了，要不然我不被冻死，也被渴死了。"她说："不能喝就不要逞能。"有责备他的意思在里面。

　　"我是不喝酒的，是你逼我喝的，你现在又来说我。我怎么做都是错的。"他说。她很得意，说："我又没灌你。"心里在说："你要是不喝，我就真灌了。让你喝醉是保护你。"

　　"下次坚决不喝，尤其是不跟你喝。女人要么不喝酒，要么喝醉一桌人。"他说。仿佛很有经验的样子。

　　"有时，醉也是一种需要，也是一种清醒。"想到昨晚喝酒时的情景，她又意味深长地说，又像是在调侃。"给你搞糊涂了。喝与不喝醉与不醉都有理，又都不对了。到底有没有理对不对，全凭你一张嘴。"他好像酒劲还没过，还没十分清醒，揉了揉眼睛说。

　　"喝酒之前多吃菜，胃里有东西护着才能喝。不要空肚子喝酒。"她说，"不要怕吃相难看。"为自己的这句话，她忍不住笑了。

　　"哪来的经验？没见过你醉醺醺的样子啊。"他说。"多看、多听、多学得来的。喝酒是一门学问，喝酒中的人生也是一门学问。平时多学点，不要以为只有看书才是学习。"她借机告诫他。

　　"说来说去，就是为了给我上课，上人生课。"他略有所悟，嘲笑她。她被他说中了，岔开话题说："看你哆哆嗦嗦的，回屋吧。不然，真被冻死了。""你看你这身衣服，脏得不成样子了，都不能看、不能闻。赶紧换掉、洗掉，脏死了。"她又说。

这是他和她第一次愉快地聊天，他和她都记得，都觉得就是通过这次聊天，他们才熟悉起来，话才多起来。以前，她想跟他说话，他都应付她，三言两语就把天聊死了。

他和她都不知道的是，肖明一直躲在门后听着他俩聊天，充满了失落感。"如果不是这小子，她就会是我的，跑不了。"肖明感慨自己运气总是那么差。"还是自己没本事，没有福气吧。"想到前女友，想到在没有竞争对手的情况下，前女友毫无征兆地突然就提分手，突然就跑了，肖明又叹了口气，咽了口唾沫。

十四

他还像从前那样，没有什么变化。如果说有变化，就是对她有一种信任感、亲切感。她是装不出来的，跟他说话，也要先看一下周围有没有人。

在确定自己没什么戏的情况下，肖明就叫他趁热打铁，不要错过了机会。他也知道机会难得，时不再来，内心深处却想着赶快离开这个地方。

"女人对你有好感时容易冲动，容易糊涂，这个时候最好追。等她清醒了，对你的好感没了，你再追都追不上。你追到她宿舍，她还说你耍流氓，想非礼她。"肖明说。

"如果不及时追，等她对咱这地方生厌了，就会想着嫁到城里，就会远走高飞的。嫁不到城里，她也会就地找个镇政府的干部，成了干部家属。教师里光棍多，镇政府的干部里光棍也多，说不定有多少双眼睛都在盯着她。穷教师不仅穷，还没油水，没权，没地位，没有竞争力。"见他没有反应，肖明着急地说。

"好上了之后就上床，就结婚。快刀斩乱麻，不要拖。时间久了，感情淡了，女人明白过来，后悔了，你就什么都没有了，就又成光杆司令了。"讲到这个份上，他还是没反应。肖明又生气又诧异，狠狠地拍着他的肩膀又说："不要天天学习学傻了，就剩学习这根筋是通的。你得生活，生活中得有女人。"

"在这个破地方，别说一个有工作的女人有人抢，就是一个吃商品粮的母猪都有人要。商品粮户口，这个最重要。我们当初拼命学习，跳农门，不就是为了这个吗？娶一个农村人当老婆，子女又成了农村人，日子不就又过回去了吗？城里美女多，没有一个是你的。你想看一眼，还要走三十里路。"肖明见他还是不说话，以为他嫌她不是很漂亮，额头上长着几个不易看得清的小小的斑点，气得脸都红到脖子了。

肖明说这些，是有资格的，说的都是自己的教训。跟肖明好过两年的一个女教师嫁到城里了，并很快调过去了。他分过来，就是接这个女教师的班。

"我会考虑的。谢谢你提醒我。我以前一直没注意。在这鬼地方，有一个人喜欢我，我就觉得是天降甘霖了。"看肖明真的生气了，他说。说的时候，他感到自己好假，假得连声音都不真实。

他并不觉得她有多美，也不觉得她丑，他没有注意过她的长相。等他注意她的长相时，他惊讶地发现她的额头上的斑点跟他在师范学校读书时的女同学也即他的前女友的额头上的斑点长得几乎一模一样。"聪明美丽的女孩都有这样的小小的遗憾吗？这是上天的嫉妒，还是他人的嫉妒？"他问自己。

肖明看出他是在敷衍自己，就说："要认真。要抓紧。她这个人乍一看上去并不美，仔细看，很耐看，有味道。她看上去很成熟，其实很单纯。你不觉得她的眼睛里充满天真，而天真里又藏着忧郁吗？你如果真的喜欢她，就追她，就娶了她。你娶了她，就是在拯救她。别让城里那些个歪瓜裂枣祸害了。"

讲到"歪瓜裂枣"，肖明想起了前女友，心痛了。跟他好过的那个女教师听说嫁的是个愣头青，六亲不认，只认厂长，在工厂当门卫。"当门卫就要这种人。"肖明想。

想着这些，肖明又情不自禁地说："你不娶她，她去城里找门卫，找扫大街的，你就只剩下没用的后悔了。"又想说："你真要是看不上她，你就直接拒绝她，给我机会。"终究没说。他听了心里一惊，说："她有男朋友了？"果然后悔了。

肖明意识到自己口误，怕被猜出了心思，就说："我是打个比方。长相周正不傻不孬的城里人哪会大老远跑到农村来娶老婆。到农村来找女人的，有几个头脑是清楚的？你如果在城里，你会吗？不会吧。打死你都不会。"

肖明这句话把他难住了。他不是像肖明所说的那样想去"拯救她"，他是喜欢她的，但是，他又不想谈恋爱。虽然肖明说她的眼睛里有天真、有忧郁，说动了他，他想到了电影明星潘虹，潘虹的眼睛就是这样的。

十五

她不想拖累他，可是也不舍得错过他。煎熬了一年，不再纠结，她挣扎着想争取一下。"即便被当面拒绝，回忆起来也不后悔，因为努力过。"她给自己找到了她自己无法反驳的理由。

暑假后刚开学没几天，她见他周末收拾东西，回了老家，周日下午早早就去镇上的三轮车停靠点等他。看见他从一辆三轮车上下来，她拎着一桶煤油慌里慌张地迎过去，说是来镇上买煤油。看她费劲地把煤油桶举得高高的，他说："我来提。"

她很听话地把煤油桶放到地上，他拎起来就走。在他拎的那一刹那，她后悔自己慌了神，没有把煤油桶递给他。她想触摸他的手的温暖和力量。她看他的手很纤细，弱弱的，一点也不像他的性格，对他的手有点遗憾。她没想到这辈子再也没有机会了。

他问她怎么不骑车来买煤油。"这么重，拎到学校还不累死。"他说。她早已准备好了答案："车胎跑气"，还是心里发虚，额头沁出了汗。

"车胎坏了，正好推过来修啊。你这样，下次还要专门来修一次车。"他说。她找不出理由了，自言自语道：

"哪天来买菜,顺便推过来修。"

路上,只要远远地看到往来的人,他就叫她走慢点,离他远点。她明知故问,问他为什么,他说:"怕被误解。"她又故意问:"误解什么?"他说:"误解我们是在谈恋爱。"

她看着他说:"我不怕,你怕吗?"他不看她,想了半天,说:"不是怕不怕的事。"

她走到他的前面,转过身,堵住他说:"我们要是真的谈恋爱了,不正常吗?"他低下头说:"不是正常不正常的事。"

"跟我谈恋爱,你吃亏了?"她单刀直入,紧紧逼问,问得他有窒息的感觉。"不是吃亏不吃亏的事。"他仰了仰头,看着天说。

她和他都不说话了。

"你为什么要走?"她鼓足勇气,打破了沉静,想问个究竟,虽然这究竟她是知道的。她的意思是,他为什么要考研。他没有思考,说他必须走,没有原因,就是要走。她死心了,说:"那你走吧。走了就不要再回来了,这里又穷又落后,没什么可以留恋的。"说完,她不觉中加快了步伐,拉开了和他的距离。

他似乎想安慰她,跟上她的步伐说:"想走,不一定走得了。只是考考看,不一定能考得上。"她克制住内心的绝望说:"你是不考上不罢休的。一定能走得了。"

他感慨她对他的个性的了解，又说："我会记得这里的每一棵树、每一根草、每一朵花、每一粒灰尘，我会思念它们，它们也会记得我，也会思念我。这里也是我的根，是我在困难中重新出发的地方。"他不想伤害她，不说他会记得她、思念她，她应该也会记得他、思念他。

他觉得她是需要被爱的，可是这个人不是他。他希望在他离开这里之前，能够看到这个人。这个人是不是肖明？他觉得肖明不如自己，配不上她。

"走了，就不要用情，就彻彻底底地忘记这个地方。用情，有时会伤人。"她说的"伤人"是指伤她。"人是有感情的。我不是只会读书的人。"他想表达自己内心柔软的一面，又觉得没有必要。

在校门口，他和她看到了裘师傅，裘师傅也看到了他和她。他迎上去跟裘师傅打招呼，想借此拉开和她的距离，裘师傅却忽然掉转头往回走，装着低头找东西，什么也没看见。她在身后说："看把你吓的。就这点出息。"声音中有气恼。他想要解释，还没说出口，她又说："我不怕，你怕你去跟裘师傅解释，不要跟我解释。"

走到宿舍门口，他想幽默一下，指着她门前的刺槐树说："我哪天走了，你门前的这棵树就是我。见树如见人。"说完之后，他意识到犯了大错。

她开门，背对着他，叫他把煤油桶放下，放地上。

他等她开门，一边说："都拎了一路了，还是拎到你房间吧。做好事要善始善终。"一边顺从地放下了煤油桶，放在她身后。

他听出了她声音的异样，装作没听见。

十六

对于她，他有时很矛盾。想到前女友也即那个女同学，他就不想接受她，他就怕被拖累，他就想尽快离开这个地方，证明给女同学看；他就觉得一定要找一个比女同学更优秀的女孩，不为炫耀，不为"复仇"，只为对得起自己所受过的伤。

不和女同学对比，他觉得至少从性格上来说，她是很适合他的。有了她，或许不是拖累，反而是促进。相比于为自己奋斗、为一个人奋斗，为自己和心爱的人奋斗、为两个人而奋斗，动力更大一些。这个时候，他就觉得校长的话是对的。

可是，不想到女同学，那是不可能的。除了学习，他没办法不想到女同学。想到女同学，怨恨虽然随之出现，却越来越淡，思念随之就越来越深。"不能原谅，但可以理解。也许她有她的苦衷，也许有误会。"渐渐地，女同学在他的心中又美丽起来，美丽得没有缺点，甚至女同学额头上的几个很淡的斑点也成了他思念她的理由。

在他艰难地试图说服自己接受她的时候，他把苦闷告诉了肖明。肖明看出他埋头学习，是想走，就觉得自己的机会又来了，就想拆散他和她。就告诉他一个秘密，那就是她有男朋友，那个男朋友可能是她同学，在北方很偏的一个中学教书。那个中学，他听说过，他的一个同学就分配在那里。

"不信你每周一下午三点左右去办公室，你肯定会看到她男朋友给她写的信。有时一封，有时两封。已经一年了。从她分到这里就这样。"肖明说。邮递员每周来一次，照例是周一下午三点左右，他是知道的。

"我可没这么无聊，去查别人的信。"他掩饰自己的懊悔说。他懊悔把心事轻易告诉了肖明。

"眼见为实。我下周一把她男朋友的信拿给你看。"肖明想在他犹豫不决的时候添油加醋，打消他对她的爱。他觉得肖明有些过分，就说："我不看。私拆别人的信件是犯法的，也是不道德的。"

肖明说："我不犯法，我还道德。我不会拆她的信的，这点道德我还是有的。看把你吓的。"他被堵得无话可说了。

下周一下午，肖明敲开他的门，把她的信件拿给他，说："你看一下信封，是不是男人的字，下面的地址是不是我跟你说的地址"。他扫了一眼信封，没有接，说：

"不要这么无聊，你赶紧把信还放到办公室。"

他扫一眼信封的这个细节被肖明捕捉到了，肖明暗地里很高兴，就有意说："说不定都不是处女了，都是老大妈级别的了。"他被激怒了，说："你他妈再不要脸，我就揍你了。有多远滚多远。"

肖明不生气，走出了他的宿舍，就去敲她的门，把信件给了她，还说是他先看到这封信的。

他听到了肖明的谎话，很恼火。后又想，这样也好。她有男朋友的事被他知道了，就不会再追他了，他也不用想着她了，不会感到对不起她了。

十七

她刚来的时候有男朋友，他是知道的。

她男朋友不知怎地就在一个周末的傍晚找过来了。敲他的门时，他指了指隔壁。敲她的门时，她不开。她不开，她男朋友就坐在她的门前不走。

他想到了自己的女同学，心疼她男朋友，就把她男朋友叫到自己的宿舍，说："你们是不是有误会。等她气消了，就会开门的。"她男朋友坐在他的床沿，不说话，像是失了魂。

他下了面条，叫她男朋友凑合着吃一口。她男朋友摇摇头，不吃，还打量着他，好像把他看作竞争对手。他感到了恶意，不想被误会，就说："她没有男朋友。我是说，她在这里没有男朋友。""有没有人追，我就不知道了。"他又说。这句话说得有些心虚。

听了他的话，她的男朋友开口了，说了一声"你是好人"，又不说话了。

"是不是因为我的缘故？"想到她看他的眼神，她对他的大胆追求，他自责了。"如果是因为我，她也不值得爱。见异思迁。"他对她的好感打了折扣。

和她的男朋友不认识，又有潜在对手的嫌疑。为了自证清白，他就撒个谎，说："我女朋友有时也会这样对我。你不要介意，女孩子都这样，都爱耍小性子。"她的男朋友不信，边站起来往外走边说："你有女朋友就好，只要不是她就好。"

他像是做了亏心事似的，没接话。

忽然，她的男朋友又回来了，说："门锁上了。她走了。我也走了。谢谢你。"说着，就要走。他说："你现在去火车站也没有车，与其在车站坐一夜。不如就在我这里挤一夜。说不定她是临时有事出去了，过一会就回来了。"

她的男朋友带着哭腔说："我知道她的脾气。她今晚不会回来的，就是外面下刀子她也不会回来的。她这个人的脾气你不了解。"他为她的男朋友难过，也似乎为自己难过。

走了几步，她的男朋友又走回来说："她是我的初恋，你告诉她，我会想办法调到你们这边的，只要她爱我。叫她等我。"他点点头，敷衍道："你放心。我一定把你的话带到。"心里想，这种事是不能掺和进去的。

没料到，她的男朋友接下来又说："我在北方，比你们这边偏多了，真的是穷乡僻壤，鬼不生蛋的地方。所以，我没有竞争力。失去了她，我就什么都没有了。我就靠着她活着。可怜可怜我，不要跟我争。"

他有被侮辱的感觉，生气地关了门。

后来，想到她的男朋友，他对她有时想爱也爱不起来。"女人总是绝情的。"他对自己说。他的心里有这个很难过得去的坎。

她的男朋友没有再来，他判断是分了。

他不知道的是，一直给她写信对她进行死缠烂打的就是这个男朋友。其实这个男朋友也不是死心塌地地爱她，仅仅是写写信给她，死马且当活马医，不耽误去追别人。他不知道的还有，她和她的这个男朋友早就结束了，毕业前就分开了。

十八

那一晚，他一夜没睡。为了她的男朋友，也为了她。

从学校到火车站必须经过一个水库。他担心她的男朋友想不开，糊里糊涂地跳下去，就远远地跟在后面。

"她的男朋友那憔悴绝望的神情像极了不久前的我。"他这样想，有同病相怜的感觉。"我有精神支柱，我要考研，我能撑过去。他呢？看他那样子，天崩地坼了，不死不活的。"他又想，心里又害怕了。

他担心她的男朋友出事，除了可怜这个男人，还担心这事毁了她的名声。毕竟，她的男朋友是奔着她而来的，如果死了，也是因为她而死的。

在水库大坝的中段，他远远地看见她的男朋友来来回回至少走了有一百次，就是不往前走。"是纠结要不要回来再看看，还是在想是死还是活？"他猜不透她的男朋友的心思，但他懂得她的男朋友的伤痛。

"不能让他在这里出事。出事了，我还成了唯一见死不救的人。我不是不想救，我不会游泳啊。"他在紧张中想出了一个主意，边大踏步往前走，边大声唱歌。这一招很灵，她的男朋友听到声音，看到有人往自己这边走，就走了。

跟到水库大坝的尽头，他停了下来，目送她的男朋友的黑影远去，才往回走。"前面是大路，再往前走，就是镇上了，就能看到万家灯火了。上了大路，到了镇上，他就没机会死了。"他仿佛做了一件大善事，感觉自己长高了，形象也高大了起来。

"看到万家灯火，想到自己父母的含辛茹苦，就不会有死的念头，会慢慢好起来。好起来，需要时间，也需要忘却。"他在想象她的男朋友如何活下来、如何疗伤，自己的伤口隐隐作痛。

在往回走的路上，他突然想到了她，急了。"她去哪儿了？她能去哪儿？刚才只顾着伺候她的男朋友了。"他加快了步伐，想看看她是否回来了。

看她宿舍的灯，没开；推她的门，关着；摸门鼻，锁着在。他慌了。

找遍学校每一个角落，没找到她，他不敢喊她的名字。壮着胆子去水库大坝找一个来回，还是没找着她，他只敢小声喊她的名字。

慌乱中，他有不祥的预感。小跑着回到学校，摸她的门依然锁着。

找不到她，他开着灯，趴在桌子上趴了一整夜。他想象她回来时，看到他宿舍的灯光，在黑暗中不会太孤单，能感知到他对她的担心。

"她的绝情是有原因的，不能只看外表。"困意上来的时候，他觉得要理解她的苦衷。

天大亮的时候，他醒了。打开门，看到她的门半开着在，他放心了。

她为什么要跟男朋友分手，而且这么决绝、无情、粗暴，他没有问她；她那天晚上到底去了哪里，他也没有问她。他觉得这是她和她的男朋友之间的事，与他无关。她好像他不知道这件事一样，不提这件事，她也觉得这件事与他无关，他的无意中的介入相当于拍电影时有只兔子无意中闯入了镜头。

虽说是与他无关，但是，这件事影响了他和她之间的交往，在此意义上，可以说是与他有关的。

很多次，他在想，如果他没看到她的男朋友，不知道这件事多好啊。

十九

她的这个男朋友是她在县城师范学校读书时主动找的。她的学校毕竟是县城的师范学校，虽然明令不允许学生在校期间谈恋爱，但也不曾真正禁止过。这给了她找男朋友的机会。

她想毕业后离家远远的，越远越好，就找了老家在县城北边的他。他个子高，长得不错，满足了她对于男人的外在的要求。他的老家太偏远，没有人愿意毕业后去那里，也就没有女生愿意找他，她找他就不会被拒绝，也安全。她当时就是这么想的。

他本来是自卑的、沉默寡言的，因为她的主动追求而有了自信。有了自信，变得开朗了，眼光就高了，想法就多了。

他并不喜欢她，不是觉得她在班里的女生中并不出众，额头上还有斑点，拿不出手，带不出去，而是觉得她没有背景，毕业分配时不能改变他的命运。他愿意跟她相处，是为了接近她的一个室友。她从没有把这个室友当作威胁，压根儿都没想过，不是因为这个室友长得不如她，还过于丰满，而是她觉得她和他同这个室友是两个世界的人。直到毕业前的一个周末，她去他的寝室找他，看见了他和她的这个室友单独在一起，相挨着坐在他的床上，床上的凉席还是她和他一起买的。

她去找他，是想再一次商量毕业分配的事，她想跟他一起走，去他的老家。这样，他们就可以在一起了。他不想回自己的老家，想去她的老家。她说："太难了。找不到人帮忙。"他就说："不行就先各回各的老家，以后结婚了，再调过去。"她不同意，不是舍不得暂时的分离，是心里没底，是担心不确定的因素太多。为此，她和他争执过不止一次。

　　她的室友看到她，慌乱写在脸上，起身要走。他看到她，像是看到一个偷窥的陌生人，没有慌乱，只有鄙夷。他拉住她的室友的手，不让其走，还故意摸了一下她室友的脸，动作很熟练的样子。该走的，就只有她了。

　　跟他谈恋爱一年多，他都没有摸过她的脸。即便是在四周无人的晚上，她想往他身上靠一下，他都吓得要死的样子，说学校不准谈恋爱，不能给别人看见。原来是不爱，是应付她。她在这一刻终于明白了。

　　她室友的父亲是县教育局副局长。她忽然明白了他的用意，觉得自己被利用了，就觉得他的心太黑，比没有月亮和星星的黑夜还要黑。

　　虽然在家里习惯于被羞辱，内心早已麻木，她还是很委屈地哭了。在距离校外不远的乡村小路上，在稻花香里，在无尽的黑夜里，她形容不出自己心中的滋味。远处的灯光，在她的眼睛里也是黑的。

　　毕业分配时，他没能如愿地留在县城，而是灰溜溜地回了老家，因为他的小伎俩被她的室友的父亲轻易地识破了。她的室友哭着向她道了歉，说是差点被他骗了。她原谅了室友，违心地说："谢谢你让我看清了一个人。"说这句话的时候，她也哭了，哭得伤心又委屈。不为别人，只为自己。

　　对于他，这个曾经的男朋友，她是不可能再接受的。他毁坏了她对于爱情所有美好的向往，直到在农中在这里遇见另一个他。

　　遇见另一个他，她以为是苍天对她的眷顾，对她所经历的所有苦难的可怜。想到这，她的心都禁不住颤抖。她害怕错过机会。

二十

　　他和她从镇上一起走回学校居然成了新闻，这是半个月以后的事。裘师傅说看到他俩走在一起，手拉着手，脸贴得很近，都要贴到一块了。于是，所有人都知道了，看他的眼神都暧昧起来。因为她追过他，他不答应，大家都是知道的，不是秘密。

　　裘师傅是光棍，自称从没见过女人，连女人的手都没碰过。肖明打趣道："裘师傅以前只在电影、电视里看到脸贴脸，这回看到真的了。"裘师傅轻轻推了一把肖明说："光看不算。还是童男子，老童男子。"

　　他感到很意外。不就是在一起走个路吗？又是大白天，光明正大地走的，还保持了应有的距离。哪有大白天在大马路上谈恋爱的。他觉得这个地方太封闭，是不是大家的生活太无聊了，要找点乐。

　　肖明像是自己心爱的女人被夺走了，心情复杂地说：

"真的恋爱了？想清楚了？在这里待的时间长了，脑子就
开窍了，这就是现实。"他说："就跟她走了一回路，是
半路上碰上的，别的什么都没有。"他为她辩驳，也为自
己辩驳。

"脸都贴到一起了，还不是恋爱了？这要不是恋爱，
就是耍流氓。你俩都想耍流氓，耍到一起了？"肖明说完，
还舔了舔舌头，搞得很渴望。这个举动让他感到恶心。

他说："你也信裘师傅瞎扯？裘师傅喜欢开玩笑，别
把玩笑当真。"心里想说的是："你劝我跟她恋爱。还没
恋爱，你就酸了。搞得我破坏你感情，抢了你的女人似
的。你啥意思？"

"就算是玩笑吧，也是有一点影子的。没影子的事，
谁会开玩笑。很多事都是从玩笑开始的，玩着玩着就是
真的了。"肖明说，"真正的玩家注定都是赢家。"说得
莫名其妙。失望和嫉妒没有遮掩地写在了面部表情上，
也融在了声音里。

他没有注意这些，说："你们男男女女打情骂俏，有
时还这里摸一把，那里摸一把。你们都不算耍流氓。我
怎么就是耍流氓了？"

肖明说："大庭广众之下摸一把，占个便宜，你情
我愿，又有大家作证。耍什么流氓了？有当着大家的面
耍流氓的吗？当着大家的面耍流氓也要不成啊。还有喝
交杯酒的呢？喝了交杯酒就能晚上睡一块了？那是图个

乐，烘托喝酒的气氛。当然，你也可以理解为想干那事，没机会，没贼胆。你们是私下里偷偷摸摸地做，性质不一样。"

他对这种陈词滥调不感兴趣，勉强控制住情绪说："就算是我跟她谈恋爱了，不正常吗？我和她都没有对象，难道没有谈恋爱的权利？谁规定的？我们谈恋爱就是犯错误了？"

肖明充满醋意地说："不要'我们''我们'的。你们真在一起了？她可以谈恋爱，你不可以。她谈恋爱，对象也不能是你。你跟我们不一样。我们是要在这里一辈子的，你是迟早要走的。"接着，肖明又说："你是在准备考研。你不要瞒大家了，大家都看出来了。你订英文期刊，叫什么《今日中国》，你是英语教师吗？你订《古代文学研究》，你是语文教师吗？就算你是英语教师语文教师，你教个初中，用得着《今日中国》《古代文学研究》吗？我说你要考研，没错吧。"

考研的秘密被知道了，他又惊讶，又不好意思，就说："就算我是要考研，我想谈恋爱，也是可以谈的吧？这是我的权利我的自由。"

没想到肖明说："你承认你要考研了。你考上了研究生，她也不配你。她就是个师范生，还是个县城里出来的师范生，没见过世面，没知识。你呢，你成了大知识分子，你当官的话也会是官运亨通。到时候，你看不起她，你难受，她也难受，她不后悔，你也会后悔。"

更没想到的是，肖明不容他反驳，随后竟然说："你去了大城市，美女一大把，尽你挑，你何必跟我们这些没出息的人争女人。兄弟一场，你忍心老兄我一辈子像裘师傅一样打光棍？我还不如裘师傅，裘师傅还有个相好的。"

他怔住了，不知说什么好，只觉得肖明太过分了，话说得太难听太无耻，又觉得肖明很可怜，他也很可怜，她更可怜。

同时，惊讶于裘师傅的那点破事，肖明也知道。

二十一

如果不是裘师傅多嘴，到处乱说，就不会有这风波。在心里，他恨裘师傅，觉得裘师傅不是人，恩将仇报。

肖明说的裘师傅的相好的，是校长妻子的表妹，在镇上卖菜，因为校长的关系为学校送菜。她送菜的时间比较特殊，天气不热，就在傍晚送过来，迟到大家吃过晚饭的时间；天气热，她就早晨送过来，早到天还没亮。所以，校长妻子的表妹长得什么样子，他以为大多数人不知道。

有一天早晨他起床刷牙，发现水缸里没水了，就提着小铁桶到食堂打水。推开食堂工作间虚掩的门，他看到裘师傅跟一个女人搂在一起，裤子掉在了地上。惊吓之余，他感到太晦气，关上门就走。一路上就想着考研没戏了。

刚走到自己的宿舍，裘师傅跟过来了，扑通一声跪在他面前，求他不要说出去。"你要是说出去，我就不能活了。校长不会饶我的，就是饶了我，我也没法活了，没脸在这里待下去了。"裘师傅双手抱着他的腿说。这时他才意识到那个女人是校长妻子的表妹。

"你不要这样。起来吧。我保证不说出去，但是，下不为例，下次千万不能干这事了。校长对你有恩，把你搞过来烧锅，还分一间宿舍给你。你想女人想昏头了，也不能胡搞。"他顾不得晦气不晦气，极力挣脱裘师傅的双手说。

裘师傅听了他的话，立即从地上跳了起来，又抓住他的双手说："谢谢你。从此以后你就是我的贵人。你一来，我就看出来你是个好人，果然没让我看错。以后打饭不要钱，我姓裘的说话算数。你要是来迟了，我给你把好饭好菜留着。"说完，向他拱拱手，拔腿就跑。

从那以后，他去打饭，裘师傅只象征性地收一点钱，这成了他的烦恼。每次叫裘师傅不要这样，裘师傅总是很讲义气地说："都是自家兄弟，相互照应着。"有时，他就让学生帮他打饭，自己不去。裴师傅很聪明，看到是他的小铝锅，钱照收，饭菜给得很多。

看到他打的饭菜多，她偶尔会调侃他是不是贿赂了裴师傅。每次他都违心地说："裴师傅看我瘦，想叫我多吃点，多长点肉。"每次这么说的时候，他都觉得对不起校长，应该告诉校长。因为校长人好，办事公平，没亏待过任何一个教师；因为校长知道他要考研，很照顾他，这学期就不要他带毕业班了，叫他教初一数学。

每次这么说的时候，她都会故意看着他的眼睛说："没说实话吧。看你说话不自然，你是不会撒谎的人。"于是他就很老实地说："是没说实话，不能跟你说实话。"

"不问了。问了你也不说。心中装个秘密好累吧。累你自己的，又不是累我。"她说他累，其实，她也累，她不希望他知道学校的一些花边新闻，更不希望他把公开的秘密当作秘密保守着。

想着裴师傅太不地道，他鼓足勇气把裴师傅跟校长妻子的表妹的事告诉了她。他说他想报复裴师傅，也想报答校长对自己的关照，让校长批评这个小人。

她没有任何惊讶的表情，说："你说的事，大概除了校长不知道，其他人都知道，只是多数人没有像你那么'幸运'，亲眼看到一出大戏，更没有一个人像你这么傻，想跑去告诉校长。"

他蒙了。

　　她开导他："校长要是知道了，如果报复裘师傅，想法子把裘师傅开除了，裘师傅能去哪里？他就一个人，没有家。对你有什么好处？更重要的是，你想过没有，校长要是知道了，对校长有什么好处？你只会让校长难堪。大家不告诉校长，还不都是为了校长好。话又说回来，校长恨不得不知道呢。"

　　他更蒙了。眼巴巴地看着她，想从她那里得到更多的信息。凭她说的话，他就知道她知道的远比自己知道得多，事情可能不像他所理解的那样简单。

二十二

　　看出他蒙了，她一时没忍住，告诉他，裘师傅跟校长妻子的表妹的事大家都知道，都不说，真正的原因在于这个表妹也是校长的相好的。想一想，校长要是知道了，脸往哪儿搁？

　　他突然觉得自己很傻，学校的秘密很多，他一个都不知道。校长在他心中的正面形象，也突然坍塌了，使他失去了偶像。失望中，他看着她有了抱怨。

　　看到他的失望和抱怨，她说："你专心学习就是了，你关注这些杂七杂八的事，只会消耗了你的锐气，分了你的心。这些事跟你没关系，你知道就知道，不知道就不知道，不要刻意打听。"她又说："如果跟你有关系，我会告诉你的，校长也会保护你的。"

怕他对校长的印象变得太差，她说："校长人很好。你不要因为一件小事就去全盘否定一个人，否则，在你眼里就没有好人了，你遇到困难也就没有人帮你了。""可是，他做这事是不对的。这个不可否认吧？对就是对，错就是错，是不能抵消的。"他很固执地说。

她告诉他，这件事不像看上去的那样简单。据说校长跟他的妻子关系并不好，但是，为了女儿，校长没有闹过离婚，在妻子去世多年后，也一直没有再婚，在没有搞清楚校长妻子的表妹是否也是单身的情况下就妄下结论，不好。"所以，你不要轻易下结论，认为校长就是乱搞男女关系。听老教师说，这么多年来，校长就这一个相好的。他的用情是专一的。"她说。

"夏天，校长妻子的表妹只能早晨送菜，送完菜还要赶到镇上去卖菜，很少去校长宿舍。这段时间，校长情绪就不好，容易动怒。其他季节，校长妻子的表妹傍晚送菜过来，都会到校长宿舍去一趟，大家这个时候都自觉，哪怕打牌三缺一，也不去打扰校长。这段时间，校长就很开明，找他办什么事都好办。这个，你更不知道吧。不过，他对你是例外，因为你是个人才。所以，你更感觉不出来。"她了解他的性格，把他希望知道的都说了出来。

从她的口中，他第一次知道校长年轻时就失去了妻子，顿时对校长充满了同情。因为充满同情，他觉得这件事到底是对是错、谁对谁错，自己也搞不清了，好像也不重要了。

"校长住在咱们教师宿舍的最西边那个又偏又西晒的地方，有他人品好的一面，也有为了方便见这个女人的一面。他也觉得这件事不太妥当，也不想让大家都知道都议论。"她细心地为他解释，也有帮校长说好话的成分。

由于心里面同情了校长，他愤愤不平，帮校长说话："校长妻子这表妹不是个好货，用情不专，竟然又跟裘师傅搞在一起。校长要是娶了她，不是倒霉了吗？校长哪方面不比裘师傅强，她瞎了眼吗？"她说："这个我们就搞不清楚了。感情的事，谁能说得清？日久生情吧。"说到"日久生情"，她瞟了他一眼。

"日久生情？一个想占便宜，一个想多捞点吧。"他没注意到，话说得很难听，自以为是一针见血。"不能这么恶意理解吧。"她说。"校长跟他妻子的表妹好了很多年，也没个结果，这表妹心生怨恨吧。心生怨恨了，感情就变味了；感情变味了，就没有多少东西属于感情了。"她又说。他想多了，以为她是在借机说他和她，不敢看她。

看他不敢看她，她也不看他，想着有一次报销，去校长办公室请校长签字，校长签完字，把报销单递给她的时候，握了一下她的手，心里害怕起来。不是害怕校长会骚扰她，她觉得校长不是那种人。从没听说校长骚扰过女教师，她也不觉得校长失礼了。"身边长期没有个女人，饱一顿饥一顿的，见到年轻女性，握一下手，不算是一时犯浑吧。"她想。

她害怕肖明有一天会信口雌黄，到处乱说。校长握住她的手时，肖明也过来办事，看到了。

二十三

过了不久，他发现校长很憔悴，看见人掉头就走，多数时候不在校长办公室，而是在自己的宿舍，每周三下午的教职工例会也取消了。他还发现校长也不去食堂打饭了，自己做饭做菜。不仅如此，他还发现，校长妻子的表妹也不来送菜了，每天早晨裴师傅忙完早饭后就去镇上买菜。

看着裴师傅瘦小的个子挑着重重的一担菜显得更瘦小了，他心里又同情裴师傅了，觉得校长对裴师傅的惩罚未免重了些。"要错，也主要是那个女人的错。"他想。"情敌"，他想到了这个词。

打饭时，裘师傅也不照顾他了，看都懒得看他，有时还用铁勺重重地敲打他的小铝锅。他想问裘师傅怎么了，裘师傅不瞅他，不给他说话的机会。等他转身走了，裘师傅就在他身后说："不讲良心的东西，心都坏透了。我有一顿没一顿的，偶尔快活一下，也没耽误校长。马屁精。"

新年过后，新的学期开始了，来了个新的炊事员。他认得，是学校的副校长——刘校长的女儿，在初三复读过两年。刘校长想把自己的女儿搞成长期合同工，在学校打打铃，印印卷子，不得不让自己的女儿先在食堂里委屈几年，等着那个打铃、印卷子的人退休。

"裘师傅到哪里去了？"他关心裘师傅的去处，好像裘师傅离开学校是由于他的缘故。"去了镇上的养老院了。"她说。"在那里再烧几年锅，就在那里养老，省得过几年去那里不适应。"她又轻描淡写地说，想缓解他的压力和心理负担。

"裘师傅的事，不是我说的。我没跟校长说。我发誓。"他说。"裘师傅是到处说你，但是，没有人认为是你说的。你哪有这智商，哪有这坏心眼。你是没有能力做坏事的人，因为你傻。"她逗他，想让他开心。

"但是，裘师傅不这么认为，他认为是我告的密。他上学期一直不理我，还骂我马屁精。我想解释都不给我机会。"他觉得自己真是冤枉，后悔自己看到了那一幕。

"裘师傅过一阵子冷静下来，会清醒过来的。裘师傅不傻，谁老实，谁狡猾，他看得出来，心里有数。你放心。"她开导他。"能把校长的女人搞上床，不对，搞到地上，是不傻。想不到后果严重，也算傻。大傻小聪明。"他想。

"谁告的密？"他问。他以为她啥都知道。"谁告的密，谁自己知道。"她说。

"校长也知道。"他补充道。她笑得弯了腰，说："你傻不傻啊。大家谁不知道校长也知道啊。校长不知道，裘师傅也不会落得这个下场。"直起腰，她又说："安心读你的书，不要辜负校长对你的期望。"

"校长这是在打击报复吧。"裘师傅的事不解决，他安不下心来看书。虽然他也不知道这事该怎么解决才算好。

"校长对裘师傅够仁慈的了。裘师傅去养老院，是校长找的人。你想想，直接开除裘师傅，裘师傅连个落脚的地方都没有。留着裘师傅在这里，校长尴尬，裘师傅尴尬，大家都尴尬。"她说。"换是你，你怎么做。"这句话，她没说。说了，他会蹦起来。

"校长很善的，本事也不小。没把裘师傅往死里整，还给他一条不错的出路。"他说。改变了对校长的看法，他觉得以前对校长的看法是对的，刚才是自己幼稚了。"校长也不容易。"她附和道。

她说"校长也不容易"，他是听不懂的。他不懂，她也不想解释。她觉得他知道得太多，不好。

为了裘师傅进养老院的事，校长找了小舅子。养老院是小舅子盖的，镇长家的小楼也是小舅子盖的，而且是同时盖的。镇长很乐意送个人情，给校长小舅子面子。

小舅子给校长面子，愿意帮这个忙，不是两个人感情有多深，是小舅子觉得如果不帮忙就对不住校长。自己的姐姐走了多年，校长没有再娶。凭着校长小舅子的身份，跟方方面面的人打交道方便多了。这些，小舅子心知肚明。

"咱们刘校长的女儿能当上炊事员，我总觉得裘师傅的事情没那么简单。校长辞退裘师傅是不是迫不得已？校长要想整裘师傅，立马开掉不就得了？不要拖到新学期开学。"他说出了自己的疑问。"要么是校长辞退裘师傅，刘校长趁机安插了自己的女儿，要么是刘校长请求校长辞退裘师傅以便安插自己的女儿。这是个大问题。"他觉得只有这两种可能。

"刘校长看出校长想辞退裘师傅又不好意思，就顺着校长的意思提出辞退裘师傅，校长觉得刘校长懂自己，就辞了裘师傅，结果，刘校长提出安排自己的女儿当炊事员，校长觉得被刘校长耍了。这不也是一种可能吗？"她找他逻辑上的漏洞。然后，又一本正经地说："不猜了，这事过去了。我们小老百姓烦不了那么多神。你看你的书，不要钻牛角尖了。"

她的话让他觉得校长更可怜。

二十四

一晃一个学期又过去了，暑假期间，他没有回家，她也没有回家。他以为她是在陪他，心存感激。她的爱情、婚姻，却成了他的心病。

任何人给她介绍对象，她一概拒绝，绝不见面。没有别的理由，就是不想谈。这给他带来了压力。有的人私下里议论她，说她心比天高，对他不死心，精神是不是出问题了。

有好几次，他想撮合她和肖明。他觉得肖明身上男人味是少了点，还有点小精明，但是，总体上不坏，适合过日子。另外，肖明这学期又失恋了，被一个曾经教过的女学生甩了。这让他对肖明的印象好了一点。他不知道肖明是在追了她一年左右，被她反复明确拒绝很多次之后才去找这个女学生的。

这个女学生长得很漂亮，符合一般男人对于女性外表的所有要求和欲望，毕业后去了省城的一个工厂当临时工。有一天从城里回家遇到肖明，肖明骑着车带了她一段路，半路上，她从车后座上跳下来，要肖明推着车和自己一起走。就这样，两个人就好上了。

为了给自己争面子，肖明逢人就说自己找女朋友就一个条件——漂亮。"漂亮，看着就舒服，搂着更舒服。"这成了肖明的口头禅。

他也认为肖明的女朋友很漂亮，觉得肖明很有艳福，又觉得肖明找女朋友不再考虑对方的工作、户口之类是降低标准，向现实低头了，又有点为肖明难过。

一个周六的傍晚，他在学校西边的小水塘洗衣服，抬头看见一个打扮洋气的女孩蹦跳着走过来，怔住了。等到女孩走到近处跟他打招呼，叫他老师，他才看清楚是肖明的女朋友，感到自己看走神了，失态了。

肖明的女朋友一般都是周六的傍晚过来，在肖明这里吃晚饭，然后由肖明送回家。有一天晚上十点多，肖明过来，说要跟他挤一晚，原因是女朋友今晚不走，明天早晨回家。

他说："我不收容你，你赶紧回去，人家明摆着要跟你在一起，你却要跟我睡。哪有放着女朋友不睡，跟同事睡的。"他说的是真心话。肖明比他大五岁，他希望肖明抓紧把自己的婚姻大事解决了。

肖明说："想到她，我心里就痒痒的；搂着她，我更有想法，由不得自己。不是没结婚不合法吗？"

他感到奇怪，说："你以前是怎么劝我的，你忘了？

你不是说好上了之后就上床，就结婚吗？你自己都做不到。你当初是不是想骗我？"

肖明说："此一时彼一时。当时我是刚失恋，现在我是在热恋。对自己喜欢的女孩子，要给对方留下好印象，要装腼腆。反正肉烂在锅，不急。这样，结了婚，对方也会相信你不会在外面瞎搞，也会给你自由。"说着，肖明脱了上衣，摆出健美比赛的造型，又说："我刚才还秀了一下肌肉给她看，可我就是不给她摸我胸。你看我装得多纯洁。"

他说："别恶心我眼睛和耳朵了。滚到你宿舍去，下周一去领证。"肖明说："现在回去，她的感觉没了，不一定愿意。她下次再不走，我就听你的，把她干了。"

"怎么是听我的？她要是告你强奸，我还成了教唆犯。"他说。"你是不是不想领证？"他看透了肖明的心思又说。"漂亮不能当饭吃。结了婚，靠我一个人工资养不活一家三口的。"肖明犹豫了一下，说出了心里话。

"人家结了婚怎么就靠你养了？人家在城里打工，挣得可能不比你少。再说，别人能活，你也能活。走一步是一步，不要想那么多。"他劝肖明。"谁家夫妻结了婚还两地分居？她这么漂亮，我也不放心。"肖明说。"你不也是想了那么多吗？"肖明又反过来说他。他看看桌子上的书对肖明说："你先睡吧。没洗脚就先洗脚。不要用我的洗脚毛巾，在你自己的裤脚上擦擦。"

"下次，下次，还不一定有下次。"他自言自语。肖明的女朋友确实是太漂亮了，他都有点心动，何况其他人。

肖明问他在说什么，他说他没说什么，就是最近压力大，偶尔自己跟自己小声说两句，说什么自己也不知道。

果然没有"下次"了。一个月后，那个女学生就不来找肖明了，托人带话，说是有了新的男朋友了，新的男朋友是她的同事，城里人，父亲是车间主任。

二十五

带着对肖明的同情，他跟她说："肖明这个人总是倒霉，刚谈的女朋友才几个月，又分手了。"她说："早就知道了。"不想谈这个话题。

他不死心，说："肖明看起来精明，实际上没什么花花肠子，适合过日子。"她说："适合过日子的人太多了。没几个人不适合过日子。你不也适合过日子吗？"

她把话题引到他身上，他就没什么话说了。

过了一会儿，他又说："工作也两年了，怎么不想着找个男朋友？"他把话题引向她。她看不上肖明，他不感到奇怪，仔细想想也觉得她就该看不上肖明。对于肖明，他感到也尽力了，自己差点都当说客了。她没有男朋友，他也不感到奇怪，但是，替她急。

"我有了男朋友，你良心上就过得去了？"她像是开玩笑，又不像是开玩笑。确切地说，说话的语气上像是开玩笑，说出来的内容不像是开玩笑。

"我就是替你急，没有别的意思。"他说。"看把你吓的。急忙撇清关系啊。从来就没有关系，你知我知天知。不会赖在你身上的。"她这次是单纯地开玩笑，他听得出来。

"我不急。你要急，你就急你自己的事，不要替我急。要说急，我还替你急呢。有那么多书要看，哪有闲工夫想别的事。"她又说。

"我的事不着急。只要想考，迟早会考上的。不怕耽误一年两年，就怕泄气了，一次考不上就不敢再考了。你的事不一样，女人一旦过了二十五岁，就是老姑娘了。二十五岁是道坎。"说到她的事，他口不择言。

"我离二十五岁还有三四年吧。女人过了二十五岁就老了，这是什么逻辑？你不怕老，为什么我就怕老。"她反驳他，"就是一个人过也挺好的。只要不在意流言蜚语，心里安静，怎么活都是好的。"她看着门前的刺槐树，又看看他，又说。

"是不是对对方要求多了，周围就没有合适的了？"他试图了解她找男朋友的标准，衡量一下肖明哪一条不够，看看肖明是否一点希望都没有。"我的要求不多，只要对我好就行，只要不利用我就行，只要不仅仅为生儿育女娶我就行。"她说。

"这要求看似简单，实则太高。都是虚的，没有客观的标准，你说达到就达到，你说达不到就达不到。能不能说一些具体的，比如身高、长相、年龄、性格、职业、家庭条件等等。"话说出来，他自己都不好意思了，觉得太俗，太庸俗。

"你找女朋友看对方的这些条件吗？俗气。你只要对我好，你就符合我的要求了。你怕我嫁不出去，你就娶我得了。"她脱口而出。说完，自己都觉得太不可思议了，连声又说："开玩笑的，开玩笑的，你不要当真，要不然连朋友都没的做了。"

"我是对你好，我对别人也好。因为我善良。"他给她台阶下，也给自己台阶下。

"好好看你的书，不要操心我的事了。不要拐弯抹角试探我，我跟肖明是不可能的。说实话，我从来就没有考虑过他。两年的时间，你也变了，从懵懂少年变成懂得世故的男人了。"她注意到了他的变化。是时间造成的，还是环境造成的，她不明白。

"好的。我看书了。"他学得很乖。"累了的时候找我聊几句，我有的是时间；不累的时候不要乱想，分了心。"她补了一句。

二十六

刚关上门准备学习，他听到敲门声。以为是她，他就说："刚聊完天，又要聊啊。你不是叫我好好学习吗？又来耽误我时间。"

开门一看，站在他眼前的是他去年刚毕业的一个女学生，还背着个大包。他愣住了，半天才说："你怎么来了？"学生低着头，不说话，从他的身边挤进了他的宿舍。

虽然学生毕业了，毕竟是师生，单独在一起不好。假期，学校里还是有好几个同事的。为了避嫌，他把门开得大大的，恨不得宿舍四面墙都对外，都有门。没想到，学生关了门，随即靠在了门上。

他没话找话，说："放假了？"学生点点头。他说："天气这么热，你大老远跑来干什么？"学生这才说话："我在带家教，今天刚从学校回来，心里想着老师，就绕路过来看看，碰碰运气。"

他想尽量说得冷淡些，又不想让学生感觉到太冷淡，就说："我几乎天天在学校，你们都是知道的，不要碰运气。这不是运气。"

学生忽然睁大眼睛盯着他的眼睛说:"我写给您的信,您都收到了吗?"他躲避着她的眼睛,用左手摸了摸额头说:"收到了,都收到了。"

学生昂着头,流下了眼泪,说:"那您为什么不回信?我配不上您?"他慌了,说:"你不要哭,隔壁就有老师,听到了不好。"

慌乱中,他想把门开开,学生紧靠着门不让他开门。他只得哄学生说:"哭也解决不了问题,有话好好说好不好?"学生激动地说:"我们之间没有问题,问题就是你不喜欢我,看不上我。"哭得更伤心了。由于是强烈地压抑着哭声,学生喘气的声音很重,重到他心痛的地步。

稳住自己的情绪,他说:"我们就是纯粹的师生,除此之外,没有别的关系。你不要有任何别的想法。好吗?把精力用在学习上。你优秀了,以后长大了,到了谈恋爱的年纪,会有优秀的男孩子喜欢你的。"明明知道这些话是无力的,学生这个时候是听不进去的,作为教师他觉得还是要说。

学生哭着说:"鲁迅跟许广平也是师生关系呢。你就是嫌我小。我不小了,十七岁了,后年就毕业了,就工作了,就可以正大光明地跟你在一起了。"

他不知道如何再劝学生,找不到合适的词汇,就说:"你不要乱想。我刚才说过了,我们就是纯粹的师生。我是你的老师，教过你，你是我的学生，听过我课，仅此而已。不要再哭了。"

学生误会他了，以为他有什么后顾之忧，就边擦眼泪边说："您要通过学习离开这个地方，全校的老师和学生都知道。我也会努力学习的，你能去哪儿，我就能去哪儿。靠我自己，不拖你后腿。只要您答应我，接受我。"

他觉得学生想得太多了，太离谱了，就说："根本不是这回事。你不要想歪了。小丫头哪有这么复杂。我对你没有任何心动的感觉。我再说一遍，我们只是纯粹的师生关系，从第一次见面就决定了的，不可能还有别的关系的。"

学生停止了哭泣，不服气地说："您说对我没有心动的感觉，那您上课时为什么总是看着我，不看别的学生，跟我说话总是很和气，跟别的学生说话总是很严厉。这不就是心里有我嘛。"

他长舒了一口气，说："你误会了。每一个老师内心里都是喜欢成绩好的学生的，上课时会不自觉地多看一眼，想通过学生的眼神确认学生是否听懂了。你要是注意到这个细节的话，你会发现我看其他成绩好的学生的时候也是比较多的。另外，老师喜欢成绩好的学生，跟他们说话时当然就温和一点。不信，你自己以后当老师就知道了。你也可以仔细观察观察你现在的各位老师上课时的情形，看看我说的对不对。"

学生听他这么一说，算是冷静下来了，失望地说："我以为您只喜欢我一个人。我以前成绩只能排到班级第十，就是因为您看我，我才拼命用功的。"

他轻松地笑了，说："这是一个美丽的误会。对我也是一个警醒，我以后要注意。"

学生也不好意思地笑了，他以为问题解决了，可以劝学生回家了。不料，学生马上又说："老师，可我是真的喜欢您。您就是我的偶像。"

他完全恢复了老师的状态，开导学生说："那就当偶像喜欢吧。偶像太普通，自己就没大出息。还是去喜欢著名人物吧，把他们当偶像吧。"

学生抱着一线希望说："我还是要追您的。您就是著名人物，未来的著名人物。"这让他又紧张起来。他拍拍学生瘦弱的肩膀说："不要心存幻想，不要胡思乱想，回家吧，你父母还盼着你回家。"

学生想乘势倒向他，被他用手按住了肩膀。在他严厉的目光下，学生害羞了，说："您从来没有这么严厉地看过我。我都毕业了，您还这么严。"他平静地说："请不要再给我写信了，我是不会回信的。好好读书，不要荒废了好时光。这是老师送给你的最后的忠告。"

没了希望，学生开门走了。他转过身，望着窗外，什么也不在眼里。

目送学生走，他是没有勇气的。他承认他在潜意识里对这个学生可能有过爱，这爱他自己没有意识到。

<h1 style="text-align:center">二十七</h1>

因为学生的到来，打乱了他的表面平静如水的内心。看书的效率不高，他大声地唱起在师范学校时学的歌。

她被打扰了，问他学得好好的，忽然唱歌是怎么回事。他说没什么事，就是放松一下心情。她说："怕不是吧？男人没心事，是不唱歌的。学生追上门来了，心里不乱才怪呢。"

他很紧张，也很不好意思，说："你都听到了？你在偷听我和学生的谈话？"她勉强保持微笑，说："听是听到了，不是偷听。这房子隔音吗？你晚上翻书的声音我都听得清清楚楚的。"

他帮着学生说话，忘了给自己辩白，说："那学生上了师范学校，跟你是校友。不要说你校友不好。她小孩子一个，不懂事。"她想开玩笑，又词不达意，倒显得很正式："我的校友，我能说她不好吗？说她不好，不就是变相说我自己不好吗？打脸的话，我不说。"

他不想跟她玩文字游戏，又想为自己辩护，就说：

"我跟她什么都没有，你也听到了。"她说："用不着跟我解释。心虚了，才解释。"又说："你这个学生很优秀，才貌双全，年龄又小，等你五到十年都等得起。关键是，人家还对你一往情深，穷追不舍。"

她说话的语气有掩盖不住的伤感情绪，好像自己败给这个学生心有不甘，他只好继续为自己辩护，也想守护住心中这个小秘密，就说："就来过这一次，还被你碰到了。什么一往情深穷追不舍的，说得那么难听。"

她不依不饶，说："是就来过这一次，但是，她追你大概至少有半年了吧？说不定从她考上师范学校开始就追了。她给你写信写了多久，就追你多久了，是的吧？"看他被说得哑口无言，略显狼狈，她又说："没人私拆你的信，是她信封上的地址暴露了这个秘密。她写信写得太勤了，就有人注意了。"

他问是不是肖明告诉她的，她示意他不要问这种幼稚的问题，说："不要问我是怎么知道的。封闭的地方，好事者多。你先说是不是事实。"

过了几秒钟，他承认这个学生是在追他，追了将近一年了。"但是，我是不同意的。你是知道的。你听我跟她的谈话内容能听得出来。"

看他窘迫的样子，她心软了，说："当断则断，该拒绝就果断拒绝，这是你的性格。你对别人都是这样的，对她是不是也是这样的？人家找上门来了，你才明确拒绝，有点迟了。"她说的"别人"是指她自己，她想他是能听懂的。

他没听出来她的弦外之音，把心里的想法告诉了她，说："开始我回过两封信，后来就不回了。学生，我不好直接拒绝，怕她想不开。我是想通过冷处理的方式拒绝她。"

"你后来是不是有点享受她写给你的信，心里也有过波澜？如果不是曾经有过感情方面的挫折，你就接受了？你不要跟我说，你没有受过伤。"她逼问他，平静下来的情绪又被搅动起来。他的学生的出现，让她觉得很委屈，也很痛。

他给女同学寄信，在邮筒前徘徊，是她路过邮局喊了他。喊过之后，她有所醒悟，就没上前跟他打招呼。这个场景，后来经常出现在她的脑海里。他一心想走，她猜测他考研背后有感情的因素。他不接受她，她原谅他。败给他的学生，让她怀疑他看不上她，他的眼睛里、他的心里从来就没有过她。

他想回避这个问题，就说："事实是，我没有接受她。考上研之前，我不可能想这方面的问题。现在，考研就是我唯一的奋斗目标。这个，大家应该都知道。"他不想说"你也知道。"

"除了考研，奔前程，别的都不重要？"她低下头问他。不是她想把所有的怨恨情绪都发泄出来，是控制不住自己的怨恨情绪。"也不是。目前，考研最重要。"他无力地回答她，感觉像被审判，而他自己也认为他是有罪的。

"失去的，不会再来。不是什么东西都可以自己主导自己安排的。"她对他说，又像是对自己说。他不想明白她的意思，就说："不曾拥有，就不曾失去。她是我的学生，她再好，也只是我的学生。"

二十八

九月份一过，就到了考研的报名时间，而报名需要学校和县教育局同意。他向校长请假，校长问他有没有把握，他说这次只是试一下，见见考研试卷是啥样的，为的是来年再战。校长说："我正好有事要去县教育局一趟，我们一起去吧。"

有校长陪着，县教育局人秘股股长很爽快地同意了他报名，还跟校长说："别的学校的校长都是早早打招呼，叫我们教育局不要放人。你倒好，亲自来保驾护航。怕我不同意他报名？"

校长说："我是过来办点事，过来开会，顺便陪他过来见见你。"股长说:"上周你才过来开过会,这周又来开会,哪有这么多会? 做好事不留名,学雷锋啊。"

面对他,股长又说:"你们校长对你是真不错,对亲儿子也就只能做到这个份上了。你是遇到好领导了。有的学校领导,一方面给教师开介绍信,同意教师报考,一方面又叫我不要放人,尽叫我得罪人。我的名声都被这些人搞臭了。"

他难为情地望着校长笑了笑。校长跟他说:"股长这份情要记得。好学上进的人到哪里都会遇到贵人。"他朝校长点了点头,说:"我会永远记住股长和校长对我的提携和关怀。"

股长乐了,嘴上说:"这是例行公事,按章办事。"心里美滋滋的。又说:"贵人在路上,你得走过去。你上进,我才有给你做好事的机会。你要是天天瞎混,打牌喝酒,不来找我,我这公章也没办法给你盖。"

校长说:"领导就是领导,站得高,讲话水平也高。"股长更乐了:"咱们都是老熟人、老朋友,你就不要给我戴高帽子了。我要是水平高,早就是局长了。对了,老贾估计要升局长了,局长前面的'副'字要抹掉了,你去他办公室转一下。在农中二十多年了吧? 看看能不能调出来。"

校长被感动了,说:"整个教育局就老兄关心我挂念我。我每次来局里办事都过来坐坐,把老兄这里当家一样。调动，不想了。在农中，也习惯了。老贾那里，我就不去了。"

股长站起来重重地拍了一下校长的肩膀说："你跟我一样，都是不求人。不是为了你的这个下属，你也不到我这里来。"

校长很知趣，丢下一包烟给股长，说："事也办了，那我们就回去了，不打扰您了。谢谢了，下次再来看您。"

股长赶紧拿起烟硬塞回去，说："阿诗玛。你现在档次上去了，抽阿诗玛了。不会是专门买给我的吧。"

校长显得很难为情，说："就是专门给您买的，不算行贿吧。朋友之间一包烟都不能抽啊？"

股长说："你晓得的，我在这位置上官不大，权不小。哪个人调动不经过我手？找我的人多。"说着，股长从抽屉里取出一包中华烟装到校长的口袋里。

校长说："烟没送成，我还赚了一包好烟。真不像话。"

股长摆摆手，说："你们走吧，不送你们了。这两天缠着我要考研，要来开介绍信的人多，不要让他们看见了。"

从股长办公室出来，校长对他说："你先到大门口等我，我到贾局长那边去一下，以后从他手上好要人。你考走了，要有人补你的空缺。"

他感到事情严重了，就说："不一定考得上，这次就是试试看的。"校长说："你迟早是要走的。"又说，"你可不能半途而废。给我争面子。"他感到压力更大了。

从县教育局回来，他告诉她，是校长陪着他去的。她说："校长对你不比父母对你差。"他说："校长对大家都很好。他是个大好人。"

她装出警觉起来的模样，说："你一天到晚看书，脑子没糊涂。学校的事你不管不问，又比谁都清楚。你是大智若愚，还是心机太重？看来得重新审视你，以后跟你聊天要小心了。"他不在乎，说："你就装吧。不揭露你。看你能否一直装下去，不嫌累。我知道的，都是你告诉我的。"

她不装了，给他分析道："校长不光是个大好人，还是个有大智慧的人。你想想看，县里缺教师，大家都去考研，年轻教师都走完了，就更缺了。他可能听到风声了，也可能是在会议上得知的，对教师考研要控制。你去教育局办不成，他再出面找人，能不能办成没把握。不如带着你去，找人的事做在前面。"

他敬佩校长的为人和智慧，更敬佩她的分析。如果不考研，如果不是要证明自己给女同学看，他觉得跟她在一起最省心。麻烦的事，都由她来做，省去他很多烦恼。"不过，她这么精通人情世故，管起我来，也会把我管得服服帖帖的。被管，还有苦说不出。"想到这一层，他又觉得不答应她也许是对的。这样想着，他心里对她的愧疚似乎少了些。

二十九

他不知道的是，县教育局同意他考研的第二天上午又打电话到镇上教育组，叫镇教育组的人通知校长去县教育局。校长不知道出了什么事，吓出了一身冷汗。

都是熟人，校长去县教育局之前用镇教育组的电话联系了股长。问明了事由，校长又通知她，叫她陪着一起去县教育局。

见了面，股长说，有人举报他参加过上访，举报信是昨天下午收到的，如果是真的，政审这一关过不过得了就不好说了，开出去的介绍信就要收回来。"在电话里我也跟你说了，上访，尤其是越级上访，是违规的。你们直接跑到市教育局是越级上访，你们让县教育局的脸往哪搁？"股长又说。

校长向股长表示了感谢，又检讨自己头脑发热才去上访，把自己的位置摆得低低的，然后说，他没有参加过上访，县里可以去市教育局查证。"当时是有登记的。"校长又说。

"我们查过了，登记时就你一个人的名字。你手下的人都没有登记。"股长说。"你们总共去了十个人，都是男的，是吧？这十个人中除了你还有九个人，哪九个人你还记得吗？你记不得，我们只能认为举报信上说的是事实。"股长看了她一眼又说，还顺手把纸和笔递给了校长。

校长没有任何迟疑，就把他和其他九个人的名字写了出来。股长笑了，说："看来你没说谎，写名字都没有停顿。"听了股长的话，校长感到事情解决了，就说："事情搞清楚了，他可以报名参加考试了吧。"

让校长和她都料想不到的是，股长又说："不要急。刚刚又收到一封举报信，说他是打算上访的，只是头天晚上酒喝多了没去成，属于犯罪未遂。当然，上访不属于犯罪，说犯罪未遂严重了。我问你，这是不是真的？"

校长整理了一下思路说："他酒是喝多了，但是，从一开始我就没打算叫他跟我一道去上访。他和她当时都是刚来不久的新教师，都还是十八九岁的孩子，这您是知道的，都是从您手上分过去的。我没安排他们去。"校长说这话的时候指了指她。

她赶忙说："我跟他住邻墙隔壁，我是想去的，想顺便去城里买点东西，他叫我听校长的话不要去。他从来不喝酒，那天晚上还把我喝醉了，可能就是不想让我去吧。第二天早上有个教师临时起意，叫我和他去充充数，敲他的门，他没开门。敲我的门，我醉死过去了没听到。"

股长紧绷的脸绷不住了，笑着对校长说："你手下的兵都是精兵。我叫你一个人来，你带一个人来，这个时候派上用场了。"

从股长的表情上，校长看到股长似乎有话要说，又不想让她听到，就叫她先出去。

她出去后，股长这才说了心里话："有人举报，我们不得不查，这是规矩。这个过场是要走的。叫那小子好好用功，不要辜负了局长的期望。"说到这，股长觉得说漏嘴了，索性把局长的意思说了出来："局长说了，不论有没有参加过上访，都从宽处理，做做样子。能为国家多输送一个人才也是为国家做贡献。他要是考上了，从眼下来看，我们失去了一个好教师，从长远来看，是赚的。这种人在外面混得好了，能忘了家乡？不可能。"

"再说，通过正规渠道上访，不闹事，是国家允许的，合规合法。"股长表达了自己对上访的看法。"可是，我们不提倡。上访，有理没理，县里都难看。县里难看，教育局就挨批。"股长表达了教育局的难处。

校长点点头，表示明白了，是局长通过股长转告他这个校长，不要动不动就上访。股长笑了，说："局长可没这意思，你别乱猜领导心思。今天我就不留你多叙两句了，局长还等着我汇报。"说着，站起身要走。

校长说："不着急走。我就奇怪了，从来没见过您一本正经过，刚才怎么一本正经了？我还以为考研的事要黄了。"股长哈哈大笑，说："你是聪明反被聪明误。你要是一个人来，我就和风细雨了；你带一个人过来，还是个年轻人，我不公事公办，传出去咋办？以后，想把事情办成，你就一个人来。"

校长对着股长竖起了大拇指："高手！领教了。"又说，"能不能告诉我写举报信的人是谁？这种人得防着。"股长皱起眉头，说："你傻啊？人家是匿名举报。就是实名举报，我也不能告诉你。保护举报人的隐私，防止举报人受到打击报复，这也是规矩。"

校长不甘罢休，就说："既然是匿名举报，既然事情都解决了，给我看看举报的具体内容也无关紧要。"股长显然急于向局长交差，就说："具体内容都告诉你了。你是想看笔迹，以后打击报复？不可能。走吧。我去汇报，你回去。"

三十

出了县教育局的大门，校长告诉她，问题解决了。她不自觉地擦了擦眼角。

她擦眼角时，校长扭过头，不看她，跟她说："这事就你知我知，不要告诉他了。让他安心备考。"她点了点头。

去教育局时校长跟她商量着怎么应付股长的问询，彼此之间无话不谈，忘了各自的身份。回来的路上，又生分起来。校长和她都想起那次握手，都略有尴尬。其实，在校长心里，握她的手更多的表达的是父爱，只是这种表达方式可能欠妥。校长不想越描越黑，就没解释。

毕竟是阅历丰富，校长及时打破这尴尬局面，跟她讲同事之间关系的复杂性、人与人相处的微妙。她听了连连点头。校长说："你不要只点头，不说话。你也说说你的看法。"

她说："您说的都对，也都是我平时想都想不到的。我没有不同的看法，不点头，就不礼貌了。不点头，您可能认为我不赞成您的看法呢。"

校长很满意，说："就拿这次的举报信来说，举报人的心不会有多坏，嫉妒是人之常情。当然，也有的人活着，只要有一口气就想害人，也正常。你不要大惊小怪。"

她迎合校长的意思，说："我们都是普通人，都想自己活得比别人好一点，体面一点。有人比我们强，我们嫉妒，是自然的事。我们比别人强，别人嫉妒我们，也是自然的事。有时打点小报告，使点小绊子，甚至无事生非，到处造谣，这种事都有人去做。你强，你就得有承受被攻击、被伤害的能力和心态。"

校长惊讶于她的成熟说："人情世故，你看得太透了。看来我刚才说的都是多余的了。怪不得你人缘不错呢。"为了显示自己的老道，不容她插话，校长紧接着又说："你能看得这么透，你就不会把朋友、同事处成仇人，你就没有敌人，工作起来也就得心应手。"

她发现自己说得多了，威胁到了校长的尊严，怕引起校长的不满便说："我是在重述领悟您的观点。我能看到的，都是您指给我看的。"马屁拍完了，她又说，"别把我们年轻人都看成小孩子。小孩子也懂大人的意思。"这句话说完，她发觉又是在拍马屁，自己首先不好意思了。

校长很受用，把话题转到她的感情问题上说："你跟他到底有没有戏？两年多了，你们两个都没有动静。我是说，你没谈恋爱，他没谈恋爱，你俩之间也没谈恋爱。"

她显得无所谓的样子，说："我跟他就是同事关系。他走了，我跟他就是曾经的同事关系。"

校长为她惋惜，也为他惋惜，就说："别装了。小丫头，竟敢在我面前装。你对他是有感情的，大家都是看得出来的。你跟他也聊得来。能争取就再争取争取。缘分，成了才是缘分；不成，就是没缘分。"

她说:"跟他接触是比较多,接触多了,反而有陌生感。相信他对我也会有这种感觉。"她想说,她和他的交流触及不到感情,更触及不到彼此的灵魂,仅限于相互的关照,主要是她对他的关照,终究没说。

校长明白了她的意思,不无遗憾地说:"不说他了。他跟你、跟我们大家都不一样,他是个成大事的人,在我们这里注定只是匆匆过客。""不过,你也不能因为他而不谈恋爱不结婚。爱情是一回事,婚姻又是一回事。肖明你是看不上的,这个人太乱了,我看也不行。你可以考虑考虑别人,学校也不就只有他和肖明两个男教师未婚。选择余地大一点,你也可以考虑考虑别的学校的教师,考虑考虑你的同学。调动的事我来负责。你调走,我放人;你爱人调过来,我接收;需要找人,我出面。你不要先考虑调动的事。"校长又说。

校长说肖明"太乱了"时加重了语气,明摆着是在提醒她。她用眼神表达她明白了。

校长讲完这番话,她感动不已,想说感谢的话,说不出,轻声说:"我知道了。"眼角又湿润了。

校长装作没看见,在心里叹了口气。

三十一

　　报名很顺利，他心情舒畅。考研的事，同事其实早就都知道了，他也不想自欺欺人，继续瞒下去，就公开说了。

　　每天早晨他都像个初三学生一样在学校的操场上看书，背英语单词，英语是他的弱项。有时他还走到校外的田埂上去看书，不知道身旁有的看书的女学生看他，看呆了神。

　　有女学生喜欢他，追着他看书，跟着他的脚步走，或者围着他的周围转，离他近时会清一下喉咙，不时发出重重的"嗯"的一声，他也没听到。

　　"有学生追你，没看出来吗？"她提醒他。"谁？不可能。"他说。

　　"你在外面看书，身边不时走过学生，她们跟着你走，围着你转，你看不到？没有感觉到异常？"她说。"没发现有人在我旁边。我看书，又不是看她们。"他说。

　　"有两个女学生为你吵架了，都是复读班的，有一个还是裴师傅的干女儿。裴师傅不好惹，你不是没有领教过。"她着急地说。"她们就是打起来关我什么事？我又没有招她们惹她们，是她们自作多情。"他满不在乎地说。

"有些事是说不清楚的。有人说你搞师生恋，还脚踏两条船，你能说得清？学生要是一口咬定你勾引她，你能洗得清？真相最后查出来了，你是无辜的，可是你的前途毁了。"她生气地说。"那我注意。谢谢了。"他从心里感激她，说话时眼里放了光。

过了几天，他又出现在学校的操场、出现在校外的田埂上。她问他为什么老毛病又犯了，他说是压力太大，越到最后压力越大。

"宿舍太小了，有时压力大会感到呼吸都困难。找不到什么发泄的，我昨晚把椅子都摔坏了。在外面看书，会放松一些。实在受不了，还可以对着苍天大地吼两声。"他向她袒露内心里的压力。"那你就选择学生上早自习，进教室之后出门看书。"她给他出了点子。

"怪不得昨晚十二点多听到你房间的动静很大，像是什么东西从高处摔了下来，原来是砸椅子啊，跟椅子生气啊。你怎么不打你自己呢？没出息。"她又说。她不是心疼椅子，是心疼他。

她没想到的是，他是听她话了，但是，下雨天也出门，打着伞在操场上看书。整个操场就他一个人一把伞，或者说就一把移动的伞。学生觉得他很奇怪，都看他。同事也觉得他不正常了，疯疯癫癫的，问校长是不是要带他去医院看看，看看他哪根筋坏了。

校长笑着说："他在用功，你们不是不知道。随他。

不要背地里瞎议论。"肖明说："他这样做，叫我们情何以堪。学生会以为整个学校就他一个人用功，我们都是混日子的。不行，我们明天都学他，都打着伞，在操场上捧着书。"

校长对肖明说："也可以。你要是没伞，我送一把伞给你。谁看书，我支持谁。"又私下里叫她告诉他，不要再出门了，还像以前那样躲在宿舍里学习。

她不愿揽这个活，主要是怕他不听，就说："您是校长，您亲自跟他说不是更好吗？我在中间传话，感觉怪怪的。"校长不得不说出自己的难处："正因为我是校长，我才不能出面。我出面，说明问题严重了，会影响他情绪。我叫你来，不是叫你当传声筒，简单传个话的。你要从同事的角度跟他说，不许说是我的意思。"

她说："那我试试。他是个暴脾气，比较犟，不一定听我的。我的话如果不好使，就把您推出来，就说是您的意思。好吧？"校长不反对，算是默许了。

果然，他不同意，还恼火万丈。她硬着头皮，以开玩笑的口吻说："你考研，别人心里就不爽了。你在宿舍看书，大家眼不见心不烦，还能克制住心里的嫉妒；你在操场上看书，大家心里堵得慌，你想让大家天天痛苦啊。你忍心吗？"他说："我做事不在意别人的感受。真的。我在意过谁了？如果有人嫉妒我考研，我就是天天跪着也没用。"

　　她知道他想做的事总是能找出理由，他是不听别人劝解的，争论下去不但毫无结果，还会使双方都受伤，就直接说是校长叫她告诉他的。他嘟囔一句："校长老了，怕事了。"没话了。

　　她只得迁就他，说："你要是一定要出门看书，你就走得远远的，在大家都看不到你的地方看书。"又在心里说："如果不是校长，你这辈子别想考研。"

　　回到自己的宿舍，她想他可能除了学习啥都不行，性格还犟得很，要是跟他谈恋爱、结婚，这辈子得累死。这么想，她对他又没有那么依恋了。"性格是犟，但是，他忙他的学习，跟书本犟，其他什么事都不管不问，也不会吵架的。"她又这么为他辩护，说服自己。

三十二

　　自从他报上名之后，她就想着他的准考证，替他操心。

　　她把周一下午的课调到了上午，每周一下午两点准时到办公室待着，等着邮递员的到来。有时，邮递员来迟了，她就到学校门口等。

　　邮递员以为她在等恋人的信，每次看到她，都说：

"不是等我吧，是等信吧。"她就笑笑，不说话。

同事也以为她追他没有追成功，失望了，放手了，有新恋情了，就问她，对象在哪里工作，是干啥的。她总是摇摇头说："没有。没有对象。"同事说："保密？"她说："真的没有。"同事说："没有。给你介绍一个。"她就不言语了。

肖明说："你没谈恋爱，你每周一下午专门来等信，等谁的信？"她找不到合适的话，就说："你能来办公室，我就不能来了？"

肖明说："我们是有事就来，无聊的时候也来，见到人说两句话，时间不定。你是每周一下午两点准时来，比手表还准时，而且你还是每次都是在邮递员来了之后，立马就走。你肯定有情况。"她不想跟肖明纠缠，就说："随你怎么想。"

寄给他的信终于等到了。看着省城大学研究生处的信封，她就猜到是寄准考证的信。邮递员对她说："这是挂号信，你代签一下。"签字的时候，她的手不由自主地发抖，纸都被戳破了，戳了两个小洞。邮递员说："你代签，要签你的名字。"她才意识到签错了，把他的名字划掉，又歪歪斜斜地签上自己的名字，名字后面加了一个"代"字。

刚刚签完名，头还没抬，拿在手上的信件被人一把夺走了。她抬头一看，是肖明。肖明看看信封，又看看她，脸都变形了，说："你天天等信，就是为了等这封信？"她憋红了脸，不自然地说："是遇上的。"

肖明不在意她的感受，想继续看她的窘境，说："是遇上的。天天等，总会遇上，今天终于遇上了。从下周开始，你要还是每周一下午两点准时来办公室，准时来等信，我就算你是遇上的。"她说："随你怎么说。"就从肖明要信。她担心肖明情绪上来了，干傻事。

肖明故意挑逗她，说："看你着急的。这是他的信，又不是你的信。我为什么要给你。你能送给他，我为什么不能亲手交给他，落个人情。"邮递员看不下去了，说："这是挂号信，是她签的名，按道理说要由她负责送给收信人。出了事她是要承担责任的。"肖明这才把信往桌子上一扔，走了。出了门，还不忘回过头来对她说："但愿不是竹篮打水一场空，不是枉费心机。"

她为他等信，不到一节课的工夫，所有的老师都知道了。她和他原来是在谈恋爱，而且还是地下恋，所有的老师都这么认为，都觉得被她和他骗了。谈恋爱很正常，又不是师生恋老少配，用不着藏着掖着偷偷摸摸。所有的老师都不能理解。

后来有人说，喝酒上访那天晚上就看出来他俩好上了。他俩都想以酒壮胆，故意喝醉了，试探对方的底线，干那事。"怪不得第二天早上敲门敲了半天，没人应。是不敢成双成对地出来。"有人说。"有一个门还锁着呢。

说不定正搂着，正在用功。我都听到声音了。"肖明不无醋意和恨意地说。

"怪不得一个不找人，一个不嫁人。看人要看本质，看事要看结果。"刘校长的女儿过来凑热闹，搞得很有水平的样子，摆了摆小手分析道。刘校长的女儿是看着肖明说这话的，让肖明心里一颤。

有个教师看不下去了，对肖明说："你明明知道人家好上了，上床了，你还屁颠屁颠追她干什么？你抢绿帽子啊。说话要讲良心，要有分寸。"肖明被说中了要害，不言语了。

校长走过来，心里明镜似的，说："大家都别瞎说，不要听风就是雨，不要乱扯什么男女关系，毁了他俩的清白。他俩谈没谈恋爱，我比你们都清楚。"因为清楚，校长心疼她，为她担忧。

三十三

初试回来，她问他考得怎样，他说："砸在英语上。""题目太多，卷子估计有一米长都不止，很多单词都没见过，选择题都是猜的。时间不够用，做英翻汉的题目时没时间看全文，只把需要翻译的、划线的部分看了看就翻译了。译文中用了好多'它。'"他觉得他考研，让她费心了，有必要跟她详细解释失败的原因，但是，他没有说自己由于过于紧张，做英语试卷时，一开始把答案都写在卷子上，在只剩下半个小时的时候才发现这个失误，由于要把答案再誊抄到答题卡上，他慌了，写字时手一直在抖，才造成时间不够用；也没有说考完试，交卷子时，他质问监考教师，为什么只顾闲聊，不提醒考生，答案要写在答题卡上，差点跟监考教师吵起来。他不想让她觉得遗憾。当然，他更没有说，考英语的前一天晚上，他吃了两粒安眠药都没有睡着，是在床上坐了一夜。他不想让她觉得自己没出息，觉得自己把考研看得太重。

她安慰他："别泄气。卷子难，大家都没考好，分数都低，分数线就降低。"他说："明年再战。"就进了自己的宿舍。

看到他考研回来，一个人憋在屋里，早晨也不端着小铝锅出来晃悠了，大家就知道他考得不好了。刘校长的女儿看着肖明说："癞蛤蟆还想吃天鹅肉。天鹅肉不好吃，还不如吃鸭子，把鸭子当天鹅吃，过过吃天鹅肉的瘾，也吃到肉了。"肖明看看左右没有人注意自己，就轻轻踢了刘校长女儿一脚，说："不要幸灾乐祸。有些话放在心里就是了，不要说出来，说出来招人厌，都是同事。"说完，就走了，刘校长的女儿也跟着走了。

校长说:"初试没考好,还有复试。复试考得好,照样能录取。"有个刚来半年的新教师反驳校长,说:"初试也是有分数线的,初试没过,就没有复试的机会了。上学时,老师鼓励我们考研,告诉我们的。"校长就沉着脸走了。

有个老教师说:"希望越大,失望越大。不要拐不过来弯,把脑子搞坏了。小年轻不要好高骛远,随遇而安过日子,在哪里不是过一辈子?校长还是从北京回来的呢。"老教师是看着她说的,她没明白这句话的用意,还以为是在讽刺他。一想,也不对。因为这个老教师向来厚道,就是话不多。老教师看着她又说:"得有个人开导他,最好是年轻人。年轻人之间好说话。"她明白过来了,冲老教师报以感激的一笑。

她也是六神无主,不知道怎么劝他。每次敲他的门,他总是说在睡觉。

终于熬到寒假了,学校里除了在校外没房子的,除了校长,就剩下她和他了,其他人都回家了。再敲他的门,门没有拴。

她明知故问,问他考研回来为什么把自己一个人关在屋里,什么人都不见。"考不好,就不见人了?"她用批评的口吻说。"来农中这两年半,我天天紧绷着弦,太累了。就是单纯地想好好睡觉,给自己放个假,放松放松,没有别的意思,更不会想不开。你不用担心我。"他伸着懒腰说。

"这次不行，下次一定行。不要被打趴下。"她说。
"不想走了，就在农中。不怕别人说三道四。先过好这个
年再说，别的啥也别想。"她又说。字斟句酌中，她格外
小心地避开考试、考研、考不上、失败这些字眼。

"打击还是很大的。从来没有过这种失败感。从小到
大，考试是我的强项。"他面无表情地说，说出了心里话。
"结果没有出来，不许说失败。彻底放弃了，才叫失败。
你这最多算是挫折，是走向成功的过程长一点。"她说。
在组织语言上，她第一次语无伦次，感到了困难。

"不要咬文嚼字好不好，有话直说。看你说话好费
劲，我都替你急。我是受到打击了，是有不再考的念头。
这也只是一闪而过的念头。我现在又恢复过来了，有点
信心了。"他说。他不想让她为自己担心。"这一闪而过
的念头，闪了两个星期左右了吧。"看他状态有好转，她
挖苦他一下。

"这些天没怎么出门，也有想看看书的原因。我怕他
们叫我打牌。"他说了实话。他说的"他们"是指其他教师。
"原来你心思很重的，连我都被耍了。你平时傻傻的，是
不是装的？"她感到好气又好笑。

"在我看重的方面我是很聪明的，装傻都装不出来；
在我不看重的方面我就傻，是真的傻。"他说。没等她
说话，他又说："我上师范时的语文老师在读研二，我

报考的就是他的导师。他告诉我，考研，没几个人觉得
容易的，但凡觉得容易的，大多数是考不上的。他叫
我一边看看英语，等着来年再考，一边看看复试要用到
的书，尤其是加试要考的书。万一初试过了，早早有个
准备。"

"你到哪里都有贵人相助。你脾气不好，也不会处理
各种人际关系，就是有人帮你，你想不成功都难。你看
你，在这里有校长帮；考研，有老师帮。我不知道你可
送过老师礼物，校长这边你一口水都没请他喝过，过年
都没去拜过年。你的感恩都在心里。"她为他高兴，嘴上
说着俏皮话，心里有隐隐的失落。

三十四

她说他没给校长拜过年，点醒了他。校长一直关照
他，总得要表示一下，这是人之常情，更何况他是懂得
感恩的人。"感恩，不能只放在心里。"她说的没错。

买什么东西给校长呢，他向她求助。她说买过年的
礼物就行了，不要刻意，校长看重的不是礼物，是礼节
和情分。"买不好礼物就买条烟吧。校长抽烟。"她说。
自从跟妻子的表妹分了，校长抽烟抽得更厉害了。"抽烟

能解决问题吧。"她想。

想到校长带他去县教育局掏出来的是阿诗玛,他决定买一条阿诗玛给校长。她说:"你没看校长平时抽的什么烟?光明烟,三毛钱一包。有时还抽'白纸包',没有牌子的那种。你就买光明烟,让校长知道你的心意就行了。你买贵了,校长不收,收下了,心也不安。"有一次校长拿着一包阿诗玛去小店换光明烟,被她碰上了,她才注意到校长平时抽什么样的烟。

烟买来了,他问她怎么送给校长。她说她也不知道,过年去校长家拜年,她都是随大家一起去的。他就说:"我俩一起去,你陪我,不然,我都不敢敲校长的门。进了门,我手抖,腿抖,不敢看校长。"

她退缩了,说:"我不去。送礼,哪能叫人陪呢,这是最忌讳的。两个人知道了,天下人都知道了。不是我不想帮你,这事不能帮。"

"那你也买一份礼物,我俩一起去,就说是提前给校长拜年。好了吧?"他急中生智,想出了主意。"不行。你不要给我出馊主意。我每年都是跟大家一起去给校长拜年的,今年不跟大家一起去,大家会乱想的。"她推脱道,"再说,我跟你一起给校长拜年,算什么?校长还不猜测我俩有情况?没情况,被猜测有情况,让校长多心了,又来撮合我俩如何如何多不好。无形中生出许多事来,不好。"她说出了自己的理由。

"我就把烟往校长桌子上一放，说两句感谢的话，说两句新年好，然后就走人。你看可行？"他向她请教，像抓住了一根救命稻草。"送礼，不要把礼物放在显眼的地方。放在显眼的地方，都看着礼物，多难为情。你用报纸把烟包起来，再套上个塑料袋，进了校长门，顺手把塑料袋往门后一丢，就行了。"她凭着想象给他支招，教他怎么送礼。

"校长没看见怎么办？校长问我袋子里放的是什么东西怎么办？"他又问她。"校长看见了也会装没看见。里面装的啥，校长等你走了自然就知道，还要问你吗？你以为是我送个东西给你，你急不可待地问我里面装的是什么啊？傻到家了。"她耐心地说，觉得他傻得可爱。

"你是不是经常送礼？你这套路很深，很娴熟。"他问她。"凭正常人的思维想出来的。"她回答他，一点也不生气。

"你是说我不正常，我超常？"他又问她。"不是神经病就好的了，还超常。去送礼吧。拖到校长回家了，你去他老家送礼，还要我带路。留你吃饭，你就更紧张了。赶快去吧。"她催他，不想跟他没完没了地啰嗦下去。

"想喝酒，壮壮胆。"他心虚。"跟小混混打架，跟我耍贫嘴，你匪气十足。送个礼就吓破胆了？我送你到校长门口。你进门，我就走，好了吧？装孬的时候比谁都会装。"她数落他，还不忘帮他。

离校长宿舍还有二三十米的时候，她拉了拉他的衣袖，轻声叫他走慢一些，脚步轻一些，不要说话。他压低声音问她为什么，她小声说："万一校长有情况，撞上了都不好看。"

正说着，校长宿舍的灯熄灭了。他要冲过去，说："校长还没睡，讲两三句话就走，正好。"她拉住他的手臂说："你没听到校长房间有女人的哭声吗？晚上，安静，我们小声说话校长大概也听到了。校长是故意熄灯的。你冒冒失失过去敲门，校长是开门好，还是不开门好呢？是开灯好，还是不开灯好呢？赶紧回。"

往回走的路上，他不解地问她："你怎么听出来了女人的哭声？我怎么没听出来？校长跟他妻子的表妹断了联系，哪来的女人？是你的幻觉吧？""女人对女人的声音敏感，对女人的哭声更敏感。女人可怜啊。"她在黑暗中看着他说。

"校长又有新目标了？"他觉得校长太需要女人了，不可理解。"校长寒假不及时回家，八成是有情况，所以我叫你走慢点，先听听动静。"她没有正面回答他，按照自己的思路说。

"你是看到过吧？不是猜的吧？"他问她。"有一天晚上散步，看到有个人影匆匆进了校长的门，校长的宿舍还是黑洞洞的。凭直觉，能看出那人影是女人的身影。"她不瞒他，跟他说了实话。

"女人的哭声说明是受委屈了，受了很大的委屈，也可能是做错事了，求原谅。"女人的哭声让她心里不好受，她又说。"该不会就是校长妻子的表妹吧。符合你说的做错事了，求原谅。"他顺着她的话说，心里不希望是校长妻子的表妹。"把校长害惨了，还有脸求原谅？"他想。

她说他的想象力挺丰富的，判断力也很强。他有了成就感，觉得自己在学习以外的方面也不傻。

三十五

第二天早晨他正在吃早饭，校长过来了。看到他吃面条，面条里还打了一个鸡蛋，就说："早晨就吃荤，你这是富贵人家的吃法。命中注定，你是要去大城市干大事业的人。"接着又说："听说你考研考得不理想。已经过了一阵子了，情绪调整好了吧。继续干，哪有一帆风顺的，哪一个成功者不是磕磕绊绊的。"

他还没接话，她听到校长在隔壁讲话的声音，赶紧端着一碗稀饭过来了。校长见到她故作惊讶，说："你也没回家？不怕爹妈想啊？"她故意撒娇以避免尴尬，说："还没成家，哪有家。"校长领会她的用意，就说："哦，父母的家不是家。长大了，想有个自己的小家了。""有了自己的小家，逢年过节也要回娘家看看。不能忘本。"校长又说。

他冒了一句："校长哪天回老家，我们就哪天走。我们在这陪着校长，校长不孤单。"这句话让校长和她都始料不及，使得二人不自觉地相互看了对方一眼。

校长被他冒出的这句话感动了，相信他说的是真话，就说："好好好。有你们陪着，我不孤单。"她对着他说："这么好听的话都被你说了。你平常笨嘴笨舌的，从哪里冒出来这一句，胜过千言万语，我都接不住话了。"

校长替他解围，说："这是真情流露。有真感情，才有惊人语；没有真感情，再漂亮的语言都是客套话。"她说校长偏心，就是对他好。校长不言语了，看看外面的天色，一边做出往门外走的样子，一边说："我这两天就走。你们也不要在学校待得太久。"

眼看校长就要出门，他放下小铝锅，一把抓过放在桌子上的塑料袋塞到校长手里说："我买了一条光明烟，正打算送给您，提前给您拜年。"校长像是早就准备好了台词："你给的东西，我收下。就算是喜烟，等你考上了研究生我再拿出来抽。"

她看他把香烟塞给校长时动作麻利，像个老手，有意为难他，就说："当着我的面给校长送礼，不带这样的。把我当作空气啊。"校长把脸转向她，说："就你精。不要为难他了。当着你的面送礼，那是信任你。"说完，夹着烟出了门。

校长走远了，她来气了，说："不要动不动就'我们''我们'的。你在校长面前说'我们'是什么意思？经过我同意了吗？我跟你商量好了，在这陪校长吗？"看着他端着的小铝锅，她又说："你吃面条，我吃稀饭；你用锅吃，我用碗吃。我们能'我们'到一起吗？"

他说："你也用'我们'了。你昨天晚上跟我说话时就用了。你能用，我为什么不能用？"她说："环境不同，语境不同，意思不一样。"他说："校长能懂的。他比我们智商高。他都没有用'我们'做文章，就说明他没有想'我们'的言外之意，是你自己想多了。"她说："就你聪明。校长肚子里的蛔虫。"他得意地笑了，说："你说是就是，不跟你辩。"

"你不是说你不会送礼吗？看你老练得很，当着我的面都好意思送。"她回到了他送礼的事情上。"你左撇子拿东西是不是比我们右撇子快？我一直觉得左撇子拿东西笨手笨脚的。你拿烟给校长的速度能申报世界纪录了。"她说着，没忍住笑，嘴里的稀饭都喷了出来，喷到了他的鞋子上。

"不是不想去校长宿舍吗？单纯为了送礼，太丑了。你正好在场，机会难得。校长如果不收，你会救场的。"他退了两步，如实说。"校长不喜欢串门。今天难得来一次，就是为了来收礼的。昨晚惊动他老人家了，他怕你今晚再去，不方便，就主动来看你了。你看他往外走，步子是动了，那是原地踏步踏。"她说着，还给他演示了一遍校长的步子，演示得惟妙惟肖。

"你是不是把人都想得太复杂了？太可怕了。"他说。"不相信，你今晚去校长宿舍窗下偷听，那个女人十有八九还没走，或者说，还会再来。"她说。"我又不害你，也没有机会害你，你有啥怕的。你怕我，离我远点。对了，我自觉地离你远点，免得把你吓出问题来。"说着，她端着碗走出了他的宿舍。

他追出来说："我错了。""你除了做题是对的，其他的都错了。傻瓜一个。"她回眸笑话他。

三十六

寒假还没有结束，他和她就回学校了。他是为了等信，她是想尽早离开家，也都想早点看见对方。每天早上吃早饭，他在她的门前晃悠时，她都会习惯性地问他分数是否出来了。他总是说："还没。邮递员一周只来一次，你忘了？"她总是笑笑，说："多问几次不为多。"

有一次，她疑神疑鬼地跟他说："是不是有人拿了信不给你。你到邮局查查。要不你每天去一趟邮局？"他感到好笑，说："挂号信，没人敢不给我的。查到了，是要负责任的。"

她吓他："查到了，能负什么责任？人家负了责任，你被耽误了，谁补偿？"他慌了，说："我今天下午就去邮局。以后每天都去，直到收到信为止。""现在就去。"她说。他很听话，放下手中的小铝锅就走。

看他慌了，急匆匆地骑着车去邮局，她露出了满意的微笑。

一个小时后，他气喘吁吁地回来了。他告诉她，邮局的人跟他说挂号信不会丢，不用过来查，如果不放心，就叫邮递员亲自送到他手上。她感到自己是多虑了，又觉得他去邮局这一趟是值得的：对方答应亲自给他，就出不了差错了。

一周后，开学了。又一周过去了，他正在上课，肖明走过来，手里挥舞着信件叫他出来。他一出来，肖明就扯着嗓子说："我去邮局寄信，给我们学校送信的邮递员也在，说有一封信是你的，挂号的，叫我及时带给你。是大学的信，考上了要请客啊。"说着，双手郑重地把信交给了他。他乘势握住肖明的手，激动地说："谢谢老兄。如果有好事，第一个请你。"

看了邮戳，信是三天前寄出的。不用猜，他都知道里面是成绩单。

拆开信一看，里面果然是成绩单。他首先看了总分和英语分。看到总分336分，他看到了希望；看到英语47分，他以为英语至少要考60分才能过线，从希望中回到了现实，控制不住自己的失望之情。

肖明看到这种情形，就悄悄地走了。不到一节课的时间，他考研失败的消息就传遍了全校。

她想安慰他，发现他的门竟然锁了。她去问校长，校长说他请假去了省城。

傍晚，她看到他从省城回来，显得很平静，觉得他变得成熟了，自己的担心是多余的。她明知故问，问他去省城干什么，他说他去见了语文老师，语文老师告诉他，他的各门课分数和总分都超过了往年的国家线，应该问题不大；语文老师还告诉他，文学专业不是热门，报考古代文学的考生更少，有时招不满还要调剂，达到国家线就可以了，这么多年，学校的分数线都是跟国家线一样的。

"国家线每年都不一样吧？要是今年变高了怎么办？"她急切地问他。"我的老师说了，每年的国家线一般不会有什么变动。就是变动，一般也只是总分变动，五分之内上下浮动，单科分数线一般是不变的。"他回答她。

"你总分考了多少分？英语考了多少分？国家线一般是多少？"她进一步追问他。"总分336分，英语47分。近两年的国家线，英语、政治都是45分，总分都是310分。"他说到分数，有些激动，声音也有些颤抖。

她说了祝贺他的话，就回宿舍关了门。

他没有发觉她的异常。这一刻，却想到了在师范学校读书时的班主任，还想到了女同学。握紧拳头，他把眼角的泪水逼回心里。

三年了，终于又能回到省城了。夜幕下的梧桐树叶，路灯照射出来的梧桐树叶的斑斓的影子，在他的脑海里闪现。他希望在未来的每一个夜晚，都不错过灯光下的梧桐树叶的影子，即使没有人分享。

两周之后的周一下午，邮递员吆喝着，说有他的一封挂号信。全校的人都知道他初试过了，挂号信里装着的是复试通知书，又都说肖明瞎咋呼，传错了消息。

肖明不信，跑到他的宿舍，要看他的信，看到确实是复试通知书后，忘了嫉妒，高兴地说："你过了。"他抑制住内心的激动，说："这只是复试通知书，不是录取通知书。"肖明说："我听说是等额复试，进了复试就等于录取了，除非你是傻子，复试时所有知识忘得一干二净。"他毫不克制地笑了。

他拿到了复试通知书，她好几天关着门没出来，早晨也不像往常一样开着门吃早饭了。他好几个夜晚都想敲她的门，跟她闲聊，像从前一样，但是没有去敲。"都没有想好聊什么，不如不见面。"他想。

大约一周过后，她和他又无话不谈了，好像彼此的心里都没有发生过波澜，只是碰巧各自都有自己的事，好几天没见面。

她叫他专心复习，除了上课、打饭，不要出门。"一句话，非必要，不出门。"她说。他点头说："时间太急，也没有时间出门。加试的两门课，要笔试，以前没看，现在要突击一下，掌握最起码的知识。"

"咱们学校以前没有人考过研究生，更没有人考上过，你是第一个。有的人心里会不平衡，这个时候不要到处走动，树大招风。少出门，是保护自己的最好办法。"她说了叫他少出门的原因。"遵命。我这段时间装死。"这一回，他听了她的话。"就要走了，就要离开这个地方了，听她话，不跟她斗嘴，她至少现在的心情会好受一点。"他想。"只要不装鬼就行。"她还想像往常一样跟他斗嘴，装得心里没事一样。

一个月之后，他去参加复试。复试回来，他告诉她，复试比想象的简单，加试的题目没有难度，面试时导师就像聊家常。面试结束，导师叫住他，给了他两本书，一本是《诗经》，一本是《庄子》，叫他入学前好好看看。导师跟他说，《诗经》是中国诗歌的祖宗，《庄子》是中国散文的祖宗，以后无论研究哪一个朝代的文学，都用得上。他没说，导师还问他是哪里人，结婚了没有，有没有女朋友。第一次，他懂得了说话要有所保留，不能什么都说出来。

她看了看他，又看了看门前的刺槐树，说："祝贺你。苦尽甘来，这就叫苦尽甘来。"

他看着满树的槐花说："明年这槐树开花的时候，我再来。"

她心里很酸、很痛，不看槐花，看着他说："城里的梧桐树更好看。"

三十七

在等待录取通知书的日子里，他既紧张又兴奋，可是，还没等到录取通知书，却等到了校长紧急召开的全校教职工会议。他正在上课，都被她叫过来了。

"校长说所有上课的教师也都必须参加，学生暂时自习。"她说。"发生了什么大事？这会议这么重要？开得这么急。"他好奇而又紧张地问。"不知道。"她无奈地回答他。冥冥中，她感到这个会议很可能跟他有关。她觉得她的预感不会错，心里替他紧张了起来。

在会议上，校长发了火。发火，果然跟他有关。

校长说他考个研，有人写举报信到县教育局；眼看就要录取了，又有人写举报信到他报考的学校。"这个别人到底是什么意思？到底想干什么？有种就站出来跟大家说说，不要在背地里害人。"校长说。"刚刚，我才把人家前来调查的研究生处的两位同志送走。我好话说了一箩筐，说的也都是实话。"校长又说。

　　所有的人都看着他，他紧张得几乎听不见校长的讲话，耳朵嗡嗡响。不自觉地低下头，看着自己放在膝盖上的双手，双手也看不清了。

　　"你写匿名信，我就不知道你是谁了？教育局领导找我谈话，我不信，我坚决要求看信。眼见为实。看了信，我就知道是谁干的好事。你的笔迹我不认识吗？我是想保护你，想维护同事之间的团结，我才保守这个秘密，没有回来说这件破事。没想到，又搞这一出，匿名信又写到了报考的学校。"校长说到这里故意停顿了一下，用威严的目光扫过每一个人，连她都感到了寒意。

　　"这次的匿名信谁写的，我不知道。我要求看信，我的理由很简单，如果不是我们学校的人写的，不要说，都是诬告。我们学校教师的事，我这个当校长的都不知道，外人怎么可能知道。如果是我们学校的人写的，我们把这个人叫过来，当面对质。人家研究生处的人水平就是高，说那封匿名信忘了带过来。"校长喘着粗气又说。她看见校长的双手都在抖，生怕校长血压高，出什么意外，不敢再看校长，就紧张地看窗外，看对面的教室，祈祷会议立即结束。

　　她的祈祷起了效果，校长没有继续发火。她听到校长说："这件事就到此结束，到此为止。谁要是再惹是生非，看我怎么收拾。散会。"校长说这话的时候，看似很狠，语气却缓和了许多。有了这个感觉，她觉得校长的血压降了下来，他的问题解决了，写匿名信的人没得逞。

跟着大家一起走出会议室，她听见校长在身后叫她，又折回来。校长不看站在身边的他，对她说："匿名信的事不要对外面说。"她想调节气氛，就说："没想到校长也公开撒谎，还是撒谎的高手。我是亲历者，我都差点信了。"校长平静了下来，说："不这样，吓唬不到个别人。这叫斗争艺术。"接着，校长又对他说："你的事情解决了。你的政审是合格的，我们学校给你出了证明，盖了学校的公章。有关情况说明，我签了字，按了手印，又加盖了学校的公章。安心地等着录取通知书吧，不会有问题了。"

她问校长，到底是怎么回事。校长余怒未消，指着他说："上次是举报他上访，这次是举报他打架斗殴动刀子。"又对他说："你小子平时书生气，冲动起来又一身'匪气'。这次算是吃一堑长一智，以后要特别注意，不得胡来。"

说完，校长丢下他俩走了。

她在心里说："还一身'匪气'呢，我看就是一身傻气。差点误了大事。"

他问她匿名信的事，她轻描淡写地说了校长带她去县教育局帮他解释上访的事。他说："谢谢校长，谢谢你。"听出他声音有些哽咽,她不想太沉重,就说:"别激动。校长跟我都是实事求是,说了实话。不算帮你。"

回到教室,他还是止不住地哭,用左手擦眼泪。坐在第一排的一个女学生站起来,把手帕递给了他,他哭得更凶了。

三十八

拿到了录取通知书,他也没有心情请客了。将近三年的时间,有人一直盯着他,还要请这种人吃饭,那就是傻瓜,他在心里痛苦地想着。

端午节的傍晚,校长叫他和几个青年教师去吃饭,说是过节,也算是给他庆贺一下。他出门去小店买了两瓶明光佳酿回来,说:"喜酒当然得我买。"校长表扬他"懂事了,有进步",肖明说他懂得太迟,又说他现在懂事也不算太迟。她有意取笑他,说他心里比谁都精明,就是装傻,把大家都骗过去了。大家都笑了,笑得很开心。

校长端起杯子闻闻酒,说是好酒,味道香,这酒过年也难得喝一次。肖明说这酒有时买不到,小店不敢进,进了怕没人买得起。他说:"我说要最好的酒,小店的人在柜子后面摸索了一会，出来说就这两瓶，放在床底下两年了。"

校长见只有她一个人不喝酒，就对她说："你也喝一点，就一点点，沾沾喜气。"她说她对酒精过敏，不能喝，她闻闻喜气就够了。

一个今年刚调过来的女教师对她说："我一来就听说咱们女教师中就你最能喝了。一斤不醉，两斤不倒。"大家都看着她笑了。校长说："那是传说。"又对她说："你不能喝，不勉强，就负责给我们倒酒。"

肖明说："传说也是有根据的。"又对她和他说："你俩私下里再喝，再庆贺一下。"校长接过话茬说："今天喝酒只讲酒话，只讲高兴话，不开玩笑。谁真要是想开玩笑，先自罚一杯。"

酒足饭饱，大家打扫战场后，校长想留下他多叮嘱几句，其他人知趣地都走了。他想跟校长说感谢的话，说不出口。校长知道他嘴笨，就说："不要说感谢的话，从你的嘴里能说出来感谢的话，比登天还难。"他说："校长最懂我。我嘴笨，不好意思说，说不出口。"

"你这样的人不善于表现自己，相处时间长了，才让人感觉到是个实在人。城里人善于表现自己，你要多学学。"校长说，"要学会与人相处。"校长怕他没听懂，又加了一句。"我不会。我尽量学。"他说。

"学不会，就不要勉强自己，就好好做学问，不要出校门，问题也不大。"校长说。"我是说以后找工作，能留校最好，不能留校，也要去别的高校。高校，象牙塔，干净些，适合你。"校长又语重心长地说，给他解释了一遍。"知道了。我以后就在学校，继续当教师。我教书还行。"他说。

"帮过你的人，记着就行了，不要老是想着感恩。要不然，这一生会很累。有些事对你来说是天大的事，对帮你的人来说只是举手之劳，甚至是工作中分内的事。"校长转而说了自己更想说的话，尽量稀释他心中的负担，希望他忘记这里，也忘记自己，轻装上阵，奔赴未来。

他听懂了，低声啜泣。校长喝多了，就装没听见，跟他说："不早了，你回去。回去多喝点水。我也要休息了。"他不走，停止啜泣，跟校长说："您年纪也渐渐大了，要找个人。"

校长不敢相信自己的耳朵，问他："你说什么？"他把说过的话又重复了一遍，又说他希望校长能找个好人，一起过日子，一起说说话。

校长低声说："你长大了。"又说，"你好好学习，不操心。小孩子不操大人心。回去吧。"他听出来，校长说话的声音很温柔，像荷叶上欲滴的水珠。

给校长的茶杯里倒了半杯水，他走了出来，又折回去跟校长说："我会经常来看您的。"校长说："没事不要来。不要浪费时间。"

他说："那我有烦心事就来。不来找您，我想不通。"

校长说："你翅膀硬了，敢跟我耍嘴皮子了。好，你想来就来，不拦你。"

他和校长都开心地笑了。

三十九

从校长宿舍出来，走到刺槐树下，一个瘦小的黑影忽然窜了出来，吓得他后退了好几步，差点叫出声来。定睛一看，是裘师傅，他来不及惊讶，赶紧开门，把裘师傅请进宿舍。

灯光下的裘师傅越发瘦小、苍老，虽然脸比以前稍稍胖了一点。他拖过唯一的一把椅子叫裘师傅坐下，裘师傅不坐，把手在衣服上擦了又擦，从上衣口袋里掏出一支钢笔双手捧给他，说是祝贺他考上研究生。他觉得裘师傅赚钱不容易，不想收，又觉得不收，太看不起裘师傅，就收下了。

收下钢笔，他表示了感谢，裘师傅就要走，说养老院晚上十点关门，他要赶回去。强留不行，他就说陪着裘师傅走走，裘师傅没反对。出了门，裘师傅却径直往校长的宿舍那边快步走去，他不明白裘师傅是什么想法，只好跟在裘师傅身后走。

在校长宿舍外，裘师傅望着校长的宿舍对他说："校长是个好人，是真好人。没害过人，总是帮人。""我其实早就来了，看到你们在校长这里吃饭喝酒，我就想到我自己。我如果不犯错误，不到养老院，今晚这种场合校长也会请我的。虽然我是个烧锅的，校长看得起我。"裘师傅又说。说完，裘师傅就往校外走，走得很快很坚决，头也不回，也不顾着身边的他。

走出校门，走到水库边，裘师傅停了下来，回头恋恋不舍地看了看夜幕下的学校，又看了看他，叫他不要送了。"就送到这。"裘师傅说。他说无论如何也要送过水库，裘师傅没再坚持。

送到水库的尽头，裘师傅停下脚步，叫他不要再送了。他叫裘师傅小心点，就往回走。走了几步，裘师傅又喊住他，快步走过来，握住他的手跟他说："我是个粗人，老光棍一个，有什么做得不对的地方，你多担待。以前错怪你了。"

他握紧裘师傅的手说："裘师傅，感谢您对我的照顾。过去的事，我也有不对的地方，也请您多饶恕。您是长辈，多教教我。"

裘师傅激动了，说："讲'饶恕'就言重了，叫我无地自容了。天下哪有你这么好的人。你跟校长一样，是从心里看得起我。我明白。"又带着哭腔说，"你要走了，想在镇上遇到你都不可能了。人往高处走，好。"

他说："裴师傅不哭，我会回来看你的。你去城里，就找我。"自己反倒哭出声来。裴师傅踮起脚，用衣袖擦去他的泪水，说："有你这句话，我就心满意足了。"

没等他再说话，裴师傅就小跑着走了。他不希望黑夜中的裴师傅太孤单，又跟在裴师傅的后面，目送他进了养老院的大门。

进养老院大门时，裴师傅不知怎么地回了一下头。看到了远处的他，裴师傅要跑过来，他使劲地挥手，叫裴师傅不要过来。裴师傅很听话，也挥了挥手，跟他作别。

"这里就是裴师傅的归宿？"他看着昏暗的灯光下的养老院的大门，心情沉重。回想着与裴师傅平时相处的点点滴滴，他无法对裴师傅做出一个评价，哪怕这个评价是主观的。

往回走，往学校的方向走，走到水库大坝的中段，他感觉累了，走不动了，索性坐在大坝上，一点也不感到害怕，看着眼前融入黑夜的水面泛出星星点点的微光发呆。三年了，太累了，他自己提醒自己，第一次心疼自己。

迷迷糊糊中，被拂过水面的微风吹醒。他爬起来，继续走。看着越来越近的学校，他似乎有些后悔，后悔考研。

"在哪里不是过一辈子。一定要进城当城里人吗？值得跟自己较劲吗？"他的脑海里出现了校长，出现了她，出现了裴师傅，最后，还出现了女同学。出现了女同学，他猛然又觉得自己有了力气清醒了。

四十

要走到水库大坝的最南端，离学校近在咫尺了。他看到有人拿着手电筒，急匆匆地走过来。看人影移动的姿势，他判断是她，心里瞬间充满了惊喜。

"一个人在大坝上走来走去，干吗呢？"她迎着他，用手电筒在他的面前照了照说。他想告诉她，刚才裴师傅来过了，他这是送裴师傅，没有说，就说酒喝多了，在大坝上吹吹风，醒醒酒。

她很气恼，说："你是酒喝多了说胡话，还是喝酒壮胆说假话？你明明是送裴师傅，为什么不敢说？裴师傅躲在刺槐树下，看见我和肖明走过来，蹑手蹑脚地往远处走，他明显是在等你……"他赶忙赔不是，说："你说的都是事实。我错了。"又要赖说，"不允许我跟裴师傅之间有个小秘密啊？我不说，不是不敢说，是想保守秘密。告诉你，我跟裴师傅和好如初了。我心情很好。"

她感觉好笑，说："你跟裘师傅之间的秘密，不就是你们的误解消除了吗？你都说出来了，还叫保守秘密？你这个傻瓜。"他意识到自己失误了，就说："都是被你逼的。"然后又说："裘师傅送了一支钢笔给我，这也是个秘密。不告诉你，你又会逼我。"

她说："不要我逼，你都会说出来。你心里存不住话，放在心里会憋死。"然后转入正题，说："我出来找你，是看你送裘师傅这么久还没有回来，着急。你喝了酒，担心你掉到大水库里去了。你不喝酒，不喝多，我才不操心，管你的闲事呢。"

他心里充满了暖意，不说话，跟在她的后面。她又说："我说过裘师傅不傻，是明白人，没错吧。人家来给你道喜，就是认错了。"

他兴致来了，说："你看人总是很准的，你看我是什么样的人？看你是不是能看准。我城府很深的。"她装模作样地打量他一番，说："就你那点城府也叫城府？你是人人皆知的大傻瓜。一看便知。"

他逗她，说："天这么黑，你看不清，所以看错了。"她说："看不清楚你啥样，还看不清楚你的为人吗？不信，你去问问校长，他保证也说你傻。要不，我用手电筒照照你的脸，看看是不是看清楚了。"说着，她就用手电筒照他的脸。他捂着脸躲开，向她求饶。

"能考上好学校的，都是有点傻样的，那是因为太专注了。就像有些很聪明的小孩，看着傻傻的。"她不知什么时候走到了他的身后，在他的身后说。他不知道怎么回答她，就说："今晚的月亮不亮，也不圆。想看看月亮，月亮都跟我较劲，想破坏我好心情。"

她接过他的话，说："你又犯傻了。刚才说你傻，你还不承认。哪有初五月亮又亮又圆的？你慢慢等，等到了中秋，月亮就又亮又圆了。"他又不知道怎么回答她了。

中秋，他们之间会有联系吗？会见面吗？他在想，她也在想。

在沉默中到了宿舍门口，他开了宿舍的门，她进去给他的杯子里加了点热水，用嘴唇试了一下水温，递给他，叫他喝了。看着他咕咚咕咚地喝水，她对自己用嘴唇去试水温这个举动感到不可思议。"好在他没有看到这个举动。看到了，就太尴尬了。"她想。

其实，他看到了，一点也不觉得意外。因为她试了水温，他才放心大胆地大口喝水；因为杯口留有她的唇印，他喝的时候才觉得水从来没有这么甜过。他渴坏了。

看他醉醺醺的样子，她给他的茶杯又加了点水，说："烫，暂时别喝。"又说，"别忘了栓门。"他想拉住她，手不听使唤。他想喊她，嘴不听使唤。

看着她从自己的眼前走了，他关起门，狠狠地拍了一下自己的头，在心里骂自己是笨蛋。

她回到自己的宿舍，趴在床上哭了。她一心为他，为的就是让他走得更远飞得更高吗？为的就是失去他吗？她问自己。

与其得不到他的爱，不如让他变得更优秀，让他去爱他爱的人。她最终给自己找到了答案。

四十一

在他离开学校的前一天晚上，也是周六的晚上，她请他吃饭，算是送别。这是她和他相识三年来，她第一次请他吃饭。

他把碗筷和杯子都烫了一遍，说这是讲卫生。倒可乐时，她把架在碗上的筷子碰到了桌子上，他嫌不卫生，又把筷子烫了一下。这让她很不能理解，也让她觉出他也有对她来说很陌生的一面。

在她眼里他不是一个很讲究的人，甚至有点邋遢。宿舍的地上的灰都有一寸厚，从门到书桌和床都走出了一条小路，书桌上只有他趴的地方是干净的，手上有粉笔灰也是往衣服上一擦。有一次，她实在看不下去，趁他去食堂打饭的工夫，把他的房间彻底打扫了一遍，他还发了火。

他的理由很简单。灰在地上是地上脏，反正是踩在脚下，不碍事。打扫了，地上是不脏了，但是，灰扬了起来，就会把整个房间搞脏了。整个房间搞脏了，又要擦桌椅板凳，又要收拾被子、床单，一连串的事都来了。更不好的是，房间里的空气也被搞脏了，需要长时间通风。

从那以后，她很少进他的宿舍。进他的宿舍，她也尽量不看地。只是在四周没人的时候，拍拍他衣服上的粉笔灰。

"桌子是干净的，每次饭前饭后都擦过。"她说。她的意思是没必要再去烫筷子。"抹布不一定干净，擦过之后，过一会又会落上灰。"他说。他想证明自己的正确。

"一个房间像猪窝，地上的灰三尺厚都不打扫的人还这么讲卫生。"她想开个玩笑。他不反驳，把筷子递给她。明天就要离开这个地方了，离开这个地方再回来，也是匆匆过客，还未必能看到她，他不想让她不高兴。

"你怎么就对吃这么讲卫生。"她接着说。他告诉她，别人讲卫生只是外表讲卫生。家里很干净，外套很干净，都是做给别人看的，一身臭味自己都不一定知道；他讲卫生是真讲卫生，是为了自己舒服，不是做给别人看的，烫碗筷，勤洗澡，勤换内衣，这是别人看不到的。"你有没有发现，在男教师中我是洗衣服最勤快的？"他说。

不等她接话，他又说："这可乐瓶我刚才洗过了。这瓶子多少人摸过，很多人不洗手不洗瓶子，打开瓶盖就喝，太脏了。"她这次不惊讶了，说："没想到你一个农村人还这么讲究。你回家这样，你父母受得了吗？你到亲戚家这样做，亲戚不说你看不起他们？"

她说这话其实是担心他，担心他什么，她也不是很清楚。他没有感觉到她的担心，说："在我眼里我父母最干净，最讲卫生。到亲戚家，我比他们更不讲卫生，我适应能力是很强的，我也是很能装的。"

"你在校长宿舍吃饭也是装的？你还帮校长代酒呢，你不嫌校长脏？"她问。"校长请吃饭那晚，我没装。校长就像我的亲人我的父亲，不脏。"他说。

"你会不会嫌我脏？"她认真地看着他说。"你是最爱干净的，比我干净多了。跟你比，要脏也是我脏。"他说，"吃饭不说'脏'字，说了影响胃口。等我吃过了再说，说了我也吐不出来。"看他极力表现自己的幽默，她不说了。

说了这些话之后，两个人都吃得很小心。当然，就是不说这些话，她和他也会吃得很小心。

她做了红烧肉、清蒸鲫鱼、青椒炒茄子和青菜豆腐，很精致，每一份都不是很多，很对他的胃口。看到青菜豆腐时，他想到了"青菜豆腐保平安"的说法，感激她对他的祝福。"都平安。"他在心里说。

他说他最爱吃她做的红烧肉，还说他不太喜欢吃鱼，尤其是鲫鱼。她想夹肉给他，筷子停在半空又缩了回来。她想烫一双筷子，专门给他夹菜。站起身，又坐下了。到最后，她就用筷子指着那盘红烧肉，一个劲地叫他吃肉。

她不爱吃肉，也吃了很多肉。

肉吃完了，她才开始吃鱼。她把两条鲫鱼的肚子都夹到了碗里，然后叫他吃鱼。她说她最爱吃鲫鱼，她还说鲫鱼肉鲜美，但是刺多，吃的时候不能心急。在她心里面，不是这个意思。是什么意思，她认为以他的智商应该懂的，不需要她说破。

停顿了一下，她又忍不住，围绕吃鲫鱼、围绕鲫鱼刺多，颠三倒四说了很多。说得她自己都不知道自己说了啥，都不知道他是否能听明白，是否嫌她太啰嗦，像个絮絮叨叨的老妈子。

看着盘里的鱼头鱼尾，他以为她是在提醒他，做事要有头有尾，要慎终如始，比如对待爱情。他和她没曾开始，没有过，他想。这么想，他觉得是自己想多了。

"剩下的都是你的。"看着他筷子停在半空，犹犹豫豫着不知道是夹鱼头还是夹鱼尾好，就是夹鱼头也不知道夹哪一条鱼的鱼头，她说。

"不是刺就是骨头。还是剩下的。"他把抱怨写在表情上。她不看他的表情，看他吃鱼头，不说话，生怕他被卡了。

她祝贺他考研成功，象征性地举起杯子，她怕他嫌碰杯不卫生。他也举起了杯子，却迎着她的杯子。在杯子即将碰到一起时，她缩了一下手。杯子没碰上，他杯子里的可乐差点荡了出来。他看着她笑，她也笑了。

在她笑的时候，他从她的杯子里倒了一丢丢可乐到自己的杯子里。她忙说："瓶子里不是还有很多吗？"他说："碳酸饮料喝多了不好，尤其是女孩子。"

他这么做是想证明，在他的心里，她真的是干净的，她像他的母亲一样讲卫生，也有表达他心里有她的意思。这意思，他希望她能猜出，又希望她猜不出。

其实，当他进了她的宿舍，看到她搬个小凳子，坐在煤油炉前专心地炒菜，不经意地看他一眼的时候，他就有喜欢她的冲动。他知道，这一刻她是幸福的，是一个幸福的女人。他想给她幸福，永远的幸福。

她被感动了，眼睛里热热的，显然没有猜出来。准确地说，根本就没有猜。不是不敏感，是不敢再有这心思。

想到这是第一次单独请他吃饭，也许也是最后一次，泪水在心里流淌了很多次，使得她吃着饭，不时被噎住。

他看到了，给她倒了一杯水。倒水的时候，他习惯性地把水瓶提得很高，让水瓶口离杯口很远，并且倒得很快。她以为这是在提醒她，倒水也要讲究卫生，水瓶口与杯口不能挨在一起。

他也知道这是他俩第一次单独在一起吃饭，也很可能是最后一次。他的心有被泪水淹没的感觉，使得他吃饭时的动作有些夸张，咀嚼饭菜时声音很大很重。

四十二

吃过晚饭，他要帮她收拾碗筷，她拒绝了："哪有叫客人洗碗的。你就坐着吧。"嫌他坐在小饭桌边碍事，也是怕他长久坐在小凳子上佝偻着身子不舒服，她又指着她的床说："你坐床吧。舒服些。"他要坐到她书桌前的椅子上，她说："就坐床吧，比椅子软和些。"

坐到她的床上，确实很软和，比自己的床软和多了，隔着凉席都能感受到凉席下面厚厚的棉絮。他想到了女同学的床铺，心里瞬间有痛的感觉。

等她洗好碗筷，他叫她跟他一起在校园走走。明天就要离开这里了，他想留下关于校园的完整的记忆。三年了，校园不大，他都没注意校园的样子。他也想留下关于他和她的完整的记忆，这记忆的脚印布满校园的每一个角落。

她推脱说："今天累了，以后吧。以后你回学校看看的时候，陪你走一圈。"他猜她有所顾忌，怕被其他老师看见，就说："好吧。那我一个人去转转，消化消化，今晚吃多了。"

她说："你把门带上。"就背过身去。她不能看着他出门，她知道他出了这个门也许就不会再回来了。

他在校园里像个无头苍蝇乱转了一个小时左右回来了。孤独和离愁向他同时袭来。她宿舍的灯亮着，像是为他点亮，也像是在等着他回来。在自己宿舍的门前犹豫了很久，他才开了门，进了自己的房间。

进了房间，他听到她好像是不经意间敲了一下他宿舍的西面的墙的声音。没有犹豫，他带上自己宿舍的门，去她的宿舍。听到他的脚步声，她说："门没有拴，你自己进来。"

见她躺在床上，薄薄的床单盖在身上，只露出疲惫不堪的脸，他有些歉意。因为脸上的泪痕，他判断她哭过。把椅子顺过来，他面对着她坐着，顺手扭开了她床头柜上的电扇。他不敢看她，只看她床边红色的拖鞋。

看着对着自己吹的电扇，她迟疑了片刻，从床单下面伸出手把电扇动了一下，让电扇对着他吹，然后迅速缩回了手。第一次看到她光着的手臂，他觉得很白，很修长，也很圆润。他觉得她是圣洁的，她的圣洁是不容亵渎的，哪怕在心里。

她像是积蓄了很大的勇气，问他："你心中的那个人还在等你吗？你是为了她而考研的吗？"他感觉太突兀了，想也没想就说："没有什么人在等我。我是为自己考研的，不为任何人。"

　　她不信，说："你在邮筒前寄信，徘徊很久，听到有人喊你，你才慌忙把信塞进邮筒。那封信是写给女朋友的吧？你们之间当时出了点问题吧？"他的脸红了，说："你是怎么知道的？"

　　她坦白地告诉他："那个喊你的人是我。"他如实说："分了。那是分手的信。"

　　她不无醋意地说："去了省城，回到你熟悉的环境，你打听打听她，看看是否可以继续。能让你长久不能忘怀的女人，一定是有特殊魅力的，一定是纯洁的女孩。"他违心地说："早忘记她了。我和她早就是过去时了。"

　　她说："你不愿意有新的开始，就说明你没有忘记她，没有人可以代替她。在你心灵深处，你对她有执念。我这么说没错吧。"他不吭声了。

　　见他不吭声，她又说："也许是误会。不过也可以理解，哪个城里的优秀的女孩愿意嫁给一个农村教师？换作我，我也不会的。这不是世俗、市侩，是现实。"他说："你不要为她辩护了。过去了就过去了。"

　　她说："你现在是研究生了，你愿意找一个农村教师吗？你自己是农村教师出身，你都不会。城里人，更不会。但是，我不认为你这是世俗，更不认为是市侩。"她还想为他的"她"辩护。他挣扎着说："我是世俗的，也许也比较市侩。"再也找不到话了。

她心情很不好，勉强着为他的"她"辩护，心情更不好。为他的"她"辩护，就是把自己所爱的人送给对方；不为他的"她"辩护，她怕他再也遇不到对的人。

因为心情很不好，她怕自己会在他的面前控制不住情绪哭出来，就叫他走。叫他走的时候，她看到他瞥了一眼贴在墙上的"潘虹"，就对他说："把'潘虹'取下来带走吧。差点忘了。"

四十三

她说的"潘虹"，是指一幅摄影作品，上面写着"宁静以致远"。拍摄的是潘虹端坐着看着远方的样子。是她从《大众电影》的中缝小心翼翼地取下来，又小心翼翼地贴在墙上的。

她喜欢潘虹，不是因为潘虹美，而是因为她的初恋说她像潘虹。她知道自己一点儿也不像，心里还是很高兴。这高兴使她自信起来。情绪低落时看看潘虹清澈的眼神，她就会静下来。

他喜欢她贴在墙上的"潘虹"，以前是因为女同学，他觉得女同学像潘虹，现在是因为看到了"宁静以致远"这几个字。这几个字像是打开的一扇窗，能让他把人生看得远一些。

他说他喜欢潘虹，她就说："等你考上了送给你。"他以为这是对他的激励，就答应了。

"一定能考上，就是时间早迟的问题。"他这么对自己说，其实就是心里没底。实在心烦了，他就去她的宿舍看看潘虹，看着"宁静以致远"发一会呆。他感觉潘虹是在看他，是在寻找他；"宁静以致远"是潘虹对他说的话，叫他心要静，要想着远方。

他急不可待又非常小心地把"潘虹"从墙上取下来，仔细端详一番后，对她说："你不说我都忘了。这个以后就是我的了。"说这话时，他有些得意，有一种收获的感觉，又有些悲凉，有一种失落感。

从此以后，他再也没有理由随意出入她的宿舍了；从此以后，他也不太可能再回这里，特意来她的宿舍了。他想。

不如把"潘虹"留在她这里，给她留个念想，也给自己留个念想。他看着手中的"潘虹"后悔起来。

像是跟另一个自己诀别似的，她看着他手里的"潘虹"说："你忘了，我不会忘。答应过你的就记着。""好好保存，不要弄脏了，不要弄丢了。有灰尘，就轻轻擦一擦。记住，手要洗干净，擦干净。"她又叮嘱道。

他信誓旦旦地说："你放心好了。好不容易得到的，我会好好珍惜。你的宝贝就是我的宝贝。"

她想开个玩笑，让气氛不至于这么凝重，就强颜欢笑着说："自己的宝贝落在了别人的手里，我再放心也不放心。毕竟是人家的了，不是自己的了。"由于笑得很勉强，她的声音里夹带着难以掩饰的惆怅。

他没想到"潘虹"在她心中占白据如此重要的地位，就说："如果你后悔了，就还给你，现在还来得及。出了你的门，就迟了。"她说："君子不食言。说过的话算数，不后悔。"

他想说："要是想'潘虹'了，就到我学校去找我，反正离得近。"一念之间，没说。没说，是对的，还是错的。他后来不止一次问自己，又不想知道答案。

她想说："要是想念农中的这段岁月，就过来看看。没时间的话，就看看'潘虹'。"她希望他把这句话理解为要是想她了，就来看她。她也没说。她没说是因为她觉得他有话要说，最后也没说；她要是说了，就被他看轻了。

看到她往上搂床单，想用床单盖住自己的脸。他想走到她的床前，握住她床单下的手，但是，没有。最后，他只说了声"走了"，就走了。

他走了，她用床单盖住自己的脸。闭上眼睛，她感觉她的世界坍塌了，她希望的微光熄灭了。

不知过了多久，她轻轻地掀开床单，费力地睁开眼睛，擦干泪水，发现房间像室外一样黑暗。

他走的时候给她熄了灯。"他很细心。"她想,"一点光亮都不留给我?"她又觉得他粗心。

"黑夜给了我黑色的眼睛,我却用它寻找光明。"她想起了顾城的诗。"如果整个世界都黑了,到哪里能找到光明啊。"想到这,她又止不住泪水涟涟。

四十四

八月的最后一天,他去他梦寐以求的大学报到了。当他的弟弟从小四轮上把他简单的行李拿下来给他时,他有愧对弟弟的感觉。为了让他上学,弟弟初二就辍学了。现在他又来读研,弟弟更累了。

望着弟弟开着小四轮远去的瘦弱的背影,他呆立在校门口,没有了兴奋。

一切安顿好,渐渐适应了研究生生活,他除了想念父母和弟弟,就想念她。在他的心里,她已经是他的亲人了。他很难想象,如果没有她三年的陪伴和帮助,他能否考上研究生,能否承受住考研的压力。考研,在冥冥之中也是为了她。他偶尔会这样想。

在思念她的日子里,他为她写了一首诗《给你》:

你的目光

是一条无尽的路

我是这路边

一棵长不大的小树

在你的四季里开花 飘落

偶有微风的日子

也不曾企图雨季

——生来

仅是为了这般地等待

　　诗写出来之后，他将它投到了省城的晚报，他希望发表时她能够及时看到，能够理解他对于她的感情。"她看不到也不要紧，学校里只要有一个人看到了，都会告诉她的。"他想。他想到了校长能及时看到，想到了肖明、刘校长、刘校长的女儿等等都能及时看到。

　　两周之后，诗发表了。他不放心，给她寄了一份报纸，用的是挂号信。这时已经是九月底了，他判断她即便收到信后立即回信，国庆节之前他也收不到她的回信了。于是，他决定国庆节这一天去看她，给她一个惊喜。"心有灵犀，她也许也在等待这份惊喜。"他想，想得很美好。

　　在他这么决定的时候，"她"忽然出现了，给了他惊吓。这个"她"是他在省城师范学校读书时的女同学。

　　晚自习刚结束，他走出图书馆的大门，她迎了上来。

"我就猜到你在这里学习。你就知道用功，一点没变。"她抑制不住内心的激动说。好像她和他经常见面，她和他是恋人。他被吓得不轻，恍惚了好几秒，才说："你，你怎么来了？你怎么知道我在这里读研？"

三年了，终于见到了彼此。她是兴奋的，兴奋中藏着不安；他是深感意外的，意外中有惊喜，更有苦涩。她说："我是听郑老师说的。你去他家的第二天我就知道了，是他告诉我的。"他很生硬地说："你来干什么？"脑海中却浮现出在师范学校读书时的岁月。

"不欢迎？不欢迎我就走了。"她说。她没有料想到他的直白和无情，他的直白和无情挫伤了她的自尊心。如果不是在省城的晚报上看到他发表的《给你》这首诗，她是不会主动来找他的，只会默默地等待他出现在自己的面前。她觉得这首诗是写给自己的，是他在发出心灵的呼唤，呼唤她的出现，呼唤三年后的不期而遇。

毕业时给他写了信，他没回，她认为他拒绝了她。可是，她又不死心，猜他是因为回了农村，不想耽误她，才这么绝情的。"他心里有我。他是在考验我。"靠着这个念头，她度过了三年中的每一个思念他的日日夜夜。

"不是不欢迎。在这里邂逅老同学令我惊讶和惊喜，我当然欢迎。"他说。他为自己的狭隘而表示歉意，想着

怎么让自己冷静下来。毕竟曾经喜欢过、深爱过,无论
如何还是同学,他想。

"不是邂逅,是我在外面等你,等你到晚自习结束,
等你出来。"她纠正他。

"三年了,我在老家的中学苦苦挣扎,你在哪里?你
为什么不去我的学校等我?"他听到她说"等你",受了
刺激,怨和恨浓缩成质问。

"我给你写信,你没有回。我知道你在哪里?我是可
以通过郑老师打听到你的工作单位,但是,你都不回我
的信了,我有必要找你吗?"面对他的质问,她觉得被冤
枉了,很气恼地说。

她觉得他变了,不像以前那样温和了,也不像以前
那样包容她了。她甚至后悔自己冒冒失失过来见他。

她是给他写过信,但是,不是寄到他的家里,也不
是寄到他的工作单位,而是通过他的老乡——那个后
来分到镇上正规中学的姓陈的同学转交给他。那封信,
充满了鼓励、期待、向往和相思,本来她是要在毕业
典礼上当面交给他的,他没参加毕业典礼,提前回家
了。急忙中,她把信交给了那个姓陈的同学,托其转
交给他。她意想不到的是,那个同学根本就没有把信
交给他。

"不管你写了还是没写,反正我没有收到。"带着怨
气,他说。"没有收到能怪我吗?没有收到就等于我没写

吗？那就算我没写，好了吧？你指责我，你怎么也不给我写信呢？你一个大男人，你怎么不主动写？"她在气头上，愤怒地说。

"我给你写了，地址是你家里。如果你给我的地址是对的，你不可能收不到。"他为自己辩白。

"我就是没有收到。真是见鬼了。"她听他的语气是在怀疑她，她感觉她和他之间没有可能了，声音低沉却很恼火绝望地说。她不知道，他写给她的信，被她的母亲偷偷地拆开了，扔掉了，因为母亲不希望她嫁给一个家住农村的农村教师。

"我今天来找你，是我多情了。要不是看到你的诗，我也没有勇气来。三年了，谁都不知道谁是怎么过的。我们成了只在记忆中熟悉的陌生人。"见他不说话，也不看她，她又说。她抱着一丝希望，想挽救她和他的感情。三年来，她想了很多，她想他一定会来找她的，她等他再久都是值得的。

"这首诗不是写给你的。"他十分艰难地说出这句话。说完，他无声地哭了，仰望着星空，不让泪水轻易地落下。

听到他的这句话，她不再说话，头也不回地走了。她不想说他愧对自己三年的等待。三年，足够改变一个人，重塑一个人，更何况是艰难的三年。她不恨他。

她走了，看着她急速远去的模糊的背影，他想喊住她，拉住她，脚不听话。

四十五

回到家里，她不洗漱就躺下了。她妹妹看出了异样，问她怎么了，出了什么事。她说没出什么事，晚上出去走走，回来就是想哭。说罢，她侧过脸，面对墙壁轻声哭了起来。薄薄的被子下，她的整个身子在不停地颤动。

的父亲和母亲闻声过来，问她到底发生了什么事。她转过脸，冷冷地问父母："你们为什么要私拆我的信，还不给我看，不让我知道？"

她父亲忙说这是不可能的，家里不会有任何人私自拆她的信，亲人之间也应该相互尊重，也应该有隐私。她母亲也说这是不可能的。

"三年前，我刚毕业那会儿，有人给我写信，寄到家里了。这封信哪里去了？不许欺骗我，你们说实话。"她忍不住号啕大哭，质问她的父母。

母亲一下子明白过来，看了她父亲一眼，说："好像是有这么一封信，是我拿的，我给你了。也许是我忘了给你了，后来不知道丢哪里了。"她哭得更凶了，说："您还记得，就说明您没有给我，您印象深刻。您跟我说实话，您为什么要藏我的信？"

父亲袒护母亲，也想把这事糊弄过去，劝她说："我以为什么大不了的事呢。什么信这么重要？丢了就丢了，不就一封信吗？信中真要有重要的事，对方会给你写第二封的，会找你的。不要哭了。"她的泪水止不住，说："我妈私拆我的信，还私藏我的信就不对。信是否重要是次要的。这是不尊重我。"

父亲继续劝她，说："你妈那时是把你当作小孩子。小孩子的东西，大人当然要过目。现在不是把你看作大人了吗？不管你了吗？孩子在不知不觉中长大了，父母有时的反应是滞后的。这件事你妈是做错了，你就原谅她一次。"

她又伤心又委屈，擦擦眼泪说："您问问我妈，那封信写的是什么，对我重要不重要。"

母亲眼看瞒不住了，就说那是她的同学给她写的信，一个信封里有四封信，都没有写完，内容都一样，同学说自己分到了农村，不配她，要分手，希望她过得好。"就这些。我如果骗了你，不配当你的妈。请相信妈妈。你从小到大，妈妈哪次骗过你？"她母亲也哭了。

"是分手信，你看与不看、知道与不知道性质都是一样的。你不看、不知道，对方没有再给你来信，你也能知道对方的态度。你看了、知道了，那种打击你哪里受得了，你当时那么小，又是第一次面对感情，又刚刚进入社会。你妈做错了，对你的保护也许也错了，但是，她是为了爱你，没错吧。"父亲看到她痛苦的样子，难受得要命。

"爸，我问您，这封信您是不是也看过？妈也给您看了吗？"她坐起来说。听父亲的口气，她觉得是父母合着伙骗她瞒她。

"我没有看到信，是你妈后来告诉我的。我也不对。我们只想着保护你，说心里话，也夹杂着私心。"她父亲看着她哭成了泪人，心如刀绞，向她认了错。"可是哪个父母希望自己的孩子受苦受罪？你去农村，是受苦受罪；你们分居两地，同样是受苦受罪。"父亲又说。这后面的话，诉说了父母的难处父母的不得已。

"我有过第二次感情吗？我没有。这说明我一直没有走出来，一直是怀着希望的。是你们毁了我。农村怎么了？在农村就不能活了？妈以前不是也在农村？"她父亲提及"第一次面对感情"刺痛了她，提及"农村"二字更是刺痛了她。

"你的眼光不错，选择了一个优秀善良的同学。他处处为你着想，我看到信，也是暗地里伤心落泪好几回。"母亲拉着她的手说，泪水落在她的手臂上。

妹妹帮她擦去眼角的泪水，劝她说："姐，这都是三年前的事情了，就算过去了。爸妈也认错了，你就原谅他们吧。"她背过脸低声哭泣，把脸蒙在薄被里。

"你今晚出去是见这个同学了？是这个同学跟你说的？这个同学也缺德，都分手三年了，还跟你说这事。"妹妹看她难过，自己也难过，把她蒙住脸的被子往下拉了拉，说。

"我见了这个同学。是我主动见的他。你不要侮辱他。不然的话我还一直蒙在鼓里，一直错怪他。"她说。"分手，他说分手就分手了？我还没同意呢。"她又喃喃自语。

"他不在农村老实待着，晚上来城里干吗。他又给你写信了？"她母亲警觉起来，担忧他们会死灰复燃。

"人家现在是城里人了，一天二十四小时、一年三百六十五天都在城里。人家凭什么就要一辈子待在农村？"她不满意于母亲的问话，咆哮道，"我说过了，是我去找人家的，人家可没有那么贱，反反复复写信给我。"

"这么说你们又联系上了？你要觉得他确实很优秀，爸妈这回不阻拦你。"父亲安慰她说，心里已是愧疚万分。

"我们不可能了。你们满意了吧。"她说，"我不怪你们，好吧。你们都出去，我要一个人哭一晚。"

四十六

国庆节的早晨他早早出发了。他先到镇上买了点菜，买了肉、鲫鱼、青椒、茄子、青菜和豆腐。他买这些菜的时候，想着她请他吃饭时给他做红烧肉、清蒸鲫鱼、青椒炒茄子和青菜豆腐的情景。"这次我来做菜，做给她吃。"他想。

买菜的时候他还遇到了裘师傅，裘师傅以为他是买菜回家，给家里买的，他说是去学校。裘师傅马上反应过来说："这杯喜酒我是一定要喝的。到时候一定要通知我，不要看不起我。"他说："一定请。"心里乐滋滋的。

提着菜直奔学校直奔她的宿舍。"这次要亲手给她做几个菜，让她尝尝我的手艺，知道我除了会学习，还会做菜，至少能把菜烧熟。"他又想。

到了她的宿舍前，他努力地克制住内心的狂跳，像往常一样轻轻地敲她的门。敲了几下才看到她的门锁着，那锁也不是她的锁。他慌了，又敲西边肖明宿舍的门。明明看到肖明宿舍的门也锁着，他还是猛敲。

这时，从他住过的宿舍里走出来一个女孩，皱着眉头看他。他一看就知道是刚分来的新教师，没好气地说道："你住的是我的宿舍。"说了之后，他自己都不知道他说这句话是什么意思。

那个女孩明白过来了，眉头舒展开来，告诉他，她和肖明都不在学校了。他问为什么，小女孩说她也不清楚。

"你找校长问问吧。校长清楚。"小女孩被他失望至极的模样吓到了，急中生智，叫他去找校长。

她和肖明好上了？两个人旅行结婚去了？不可能。那她和肖明为什么都不在？那个小女孩为什么支支吾吾？一路上，他的头脑不停地转，分析她和肖明同时不在学校的原因。

校长见到他，并未感到奇怪，好像就是在等他。

他问校长，她出了什么事，顾不上问肖明出了什么事。校长不无遗憾地说："她嫁人了，嫁到城里了。听说是当了自行车厂厂长的儿媳妇。"他不信，说："怎么会这样？我们说好的在一起的。除了我，她是不会看上别人的。"

校长埋怨之情溢于言表："说好的，她会暑假回家吗？说好的，你怎么暑假不在学校陪她？我收了你的宿舍了吗？撵你走了吗？真的是说好的，你那宿舍我就一直保留到你们都远走高飞。"

他惭愧至极，嘴上还硬得很，说："我们是在心里说好的。我第一个节日就赶过来，不就是最好的证明吗？"

校长来气了，说："你跟人家猜心思啊？现在说这些还有什么用？我叫你不要错过，你就是不听。真正错过了，哪里能时光倒流？"

他这才意识到自己冲撞了校长，也意识到这种争论没有意义。想急于知道她做出这个毁灭自己的决定的原因，他问："她到底出了什么事？是什么事让她毁了自己？"

校长也恢复了往日的和善，说："她暑假回家被她二哥欺负了，我只是听说。后来她怎么结婚的，我就不知道了。她暑假回家就没有回来过。她的调动手续也不是她自己办的，是她公公婆婆的手下操办的。"

他不愿承认这个事实，说："她二哥真是畜生不如！怎么能欺负妹妹！"又说："她不能反抗吗？不能大喊大叫吗？她家里人都不管吗？"

校长说："你书读多了，读傻了。三年了，都搞不清她的家庭情况。如果她的父母是她的亲生父母，如果她的哥哥是她的亲哥哥，如果在那个家里她得到了温暖，她会像你一样很少回家吗？你很少回家，是为了读书。她很少回家，是为了什么？除了陪你，还有什么原因，你想过吗？"说着就把他写给她的信递给了他。

想到自己这么笨，想到她的苦难和她对他的好，他看到自己写的信，看了一眼就哭了起来。哭泣中，他断断续续地说要把这封信收好，以后亲手交给她。校长低声说："扔了。重新开始。不要打扰她的生活。如果你真的喜欢她，真的为她好，就放在心里，不要冲动。"

他不听校长的话，把信放在包里。校长说："那就放我这里吧。她如果来看我，我交给她。"他又把信掏出来，仔仔细细地看着信封上自己写的每一个字，泪水也浸湿了信封上的每一个字。他感觉信上的字像他，也像她。校长怕他后悔，从他手中夺过信，放在抽屉里，锁上了抽屉。

"自行车厂离你们学校近，你不要去找她。她现在最需要的是安静，而不是安慰；你现在最需要的是冷静，而不是后悔。"见他伤心不已，校长又说。"你们见面了，能有什么结果？她离婚？你娶她？都不现实。"见他沉默不语，抠自己的指甲，校长又加了一句。

"我要是实在受不了，我可以去自行车厂门口看看吗？见厂如见人，在我心里面就当作见到她了。"他向校长请求道。"绝对不可以。你这样除了伤害你自己，没有好处。答应我，忘了她，振作起来，往前看。"校长用威严的目光看着他说。他勉勉强强点了一下头。

四十七

内心里流着血，他又问肖明怎么了。肖明算不上他的朋友，更算不上他的兄弟。离开了这里，肖明又出事了，他觉得肖明又是自己的兄弟了。

校长恨铁不成钢，说肖明招惹刘校长的女儿，又不想负责任，刘校长的女儿告他强奸。

他很吃惊，说："这绝对不可能。肖明这个人本质不坏的。"校长说："要说他强奸，这绝对不可能，这一点我很清楚。他就那一点点花花肠子，他没那个胆。他的那一点点花花肠子也可以说是环境逼的。要说他没招惹对方也绝对不可能，二十多岁小伙子，不检点，能干出傻事。""他喜欢跟异性搭讪，招惹过不止一个女人，有的还是自己以前教过的学生。我不止一次讲过他，他就是不听，说这叫骑马找马，等找到好马再结婚成家。这回栽了。"校长又说。

他惊掉了下巴，说："肖明还有这想法这本事？我住在他隔壁的隔壁都一点不知道。"校长说："你只顾学习，眼里心里只有书本，别的都不关心。事情被你知道了，你也是最后一个知道的。"

他着急地问："那他现在在哪？在派出所？在牢里？"校长说："他跑了。"

他说："公安局是不是在通缉他？通缉的话，他也逃不掉啊。不如主动投案自首，争取宽大处理。"校长说："如果强奸罪成立，宽大不宽大有本质区别吗？都是坐牢的事，就是多两年少两年的事。一辈子都一样是毁了。"

看他又为肖明的事痛苦，校长又说："是不是强奸不能一个人说了算，要有证据，目前还没有定性。等他回来才能定性。"

他说："他这么一跑，不是强奸都是强奸了，这是畏罪潜逃。没干那事，说清楚就是了，跑有什么用？"校长说："他是吓的。把自己搞被动了，把学校也搞动了。"

他抓住校长的手说："您要救他。只有您能救他。"校长说："能救他的只有他自己。只要他一口咬定和对方是在谈恋爱，恋爱期间，是在对方自愿的情况下有越轨行为，并且愿意为此负责，就没事了。"

"负什么责任？"他问。"娶人家。"校长说。觉得他在书本之外，就是个小孩，太幼稚。

"那就娶。那女孩长得不错，人也精明。"他急切地说。"他这狗东西如果愿意娶人家，什么事就都不会发生了。他就是想玩玩，没想到遇到硬茬了，甩不掉了。"校长恨铁不成钢，说了粗话。

"这女孩不惜把自己毁了，也要告他，也是气急了。

肖明这事做得确实不对。"他又为刘校长的女儿抱屈。"肖明不娶她，她才真毁了。她报案，除了派出所的几个人，就只有我知道，毁不了。"校长说。

"一旦肖明判刑，大家不就都知道了？她名声毁了，再嫁人就难了。"他说。"走不到判刑这一步。你也不想想她的父亲是谁。"校长胸有成竹地说，"通过报案，逼迫肖明娶她。肖明只要答应结婚，这个案就撤了。报案，是为了逼迫肖明就范。在坐牢与娶她之间孰轻孰重，肖明能糊涂吗？"

"那就叫肖明娶她。"他又急切地说。"肖明不是给吓傻了，一时拐不过来这个弯吗？等他想明白了，他就会回来找我。"校长说。

"这不是设的局吧？"他有些怀疑刘校长的人品。"不是的。没有人会拿自己的亲生女儿设这种局的。代价太大了，后果也不可控。报案也是被逼的，要不然早就公开了。"校长相信跟自己共事多年的刘校长的为人，替刘校长说话。

"那就是肖明的不对了。始乱终弃。"他替刘校长的女儿不值。"好不容易跳出了农门，吃了商品粮，再找个农村女人，孩子又成了农村人。不到万不得已，谁都不干。"校长说这话，有为肖明辩护的成分。

"但愿他跑不远，能及时反应过来，及时回来找您。"他又为肖明担心。"他能跑到哪里去？他都没有去找你，

可见他跑不远，躲在附近的亲戚家。我已经跟他的父母
谈了，叫他回来结婚。这种事拖时间久了，就不好控制
了。过不了几天，他就会垂头丧气来见我的。你放心，
安心学习，干你的大事。"校长跟他交了底。

四十八

十月底，那个在县城师范学校读书的追过他的女学
生来了。

他正在午睡，她敲门。开门一看，是她，他惊呆了，
说不出话。

她事先有所准备，率先打破尴尬，说："就不欢迎不
允许学生来看看老师吗？""当然欢迎。我是惊讶于你怎
么这么快就知道我考研成功了，惊讶于学校这么大，你
怎么能找到我的寝室。"他镇定下来，说了实话，又没说
实话。

"您是咱们学校的大明星，您的一举一动都是新闻，
我暑假就知道您考研成功了。我还去咱们学校看您，去
了三次，您都不在，我猜您回家了，宿舍被学校收回去
了。"学生显得很兴奋，滔滔不绝。"女生问路太容易了，
我专挑男生问，有人就把我直接带到您的寝室了。"学生

兴奋之余，为自己的这点小聪明而得意。

"过来有什么事？"他想打发她走。"没事，就是过来看看您。想念老师了。"她红了脸，依然看着他说。

这时，装睡的室友说话了："你女朋友来了也不叫醒我，叫我回避一下，给你们让地盘。"他连忙解释说："哪里。是我学生。我以前教过的学生。"

室友看着他俩说："学生也能发展成女朋友的。我爱人就是我学生，是她高中毕业后追的我。她一追，我就投降，我等待这个时刻很久了。我巴不得她追我，是我'诱惑'的。"他说："就你不正经。我不像你。"

室友说："哪一条法律规定曾经的师生不能谈恋爱了？我看你俩挺合适的，挺般配的。这个媒我来做。"他嫌室友话多，把玩笑开大了，说："真是学生。你不要瞎说。瞎说，影响我学生名声。"

室友来劲了，说："你学生那么多，为什么就她一个人来看你？你心里没点数吗？装糊涂。"她为他解围道："我是来参加自学考试的，今天下午看考场，我看时间还早，就顺道来看看老师，不是专门来看的。"

室友自作聪明，说："我是过来人，看你们的眼神就看出来了。不然，我敢开玩笑吗？我敢那么冒失吗？我不怕你们骂我吗？有时就是一层窗户纸的事，我今天给你们捅破了，接下来就看你们的了。我走，我走，我把寝室留给你们。"说着，室友从床上爬起来，套上外套就走，走到门口又回过头来说："《给你》中的'你'，今天终于见到真人了，值得写一百首诗。"他冲着门口说："尽瞎扯。小心我收拾你。"

学生说："《给你》，我看了。我买了三份报纸珍藏着，感到孤独无助的时候就拿出来看。看了，就有动力了。"学生还想说，她是看了他的《给你》才鼓足勇气又来找他的；她猜《给你》中的"你"就是她，这首诗是写给她的。看他对自己并不热情，她没有说。

他说："这首诗中的'你'是虚指，不是指特定的某一个人。"他不希望学生把自己和诗中的"你"联系起来。

学生不甘心，想知道他诗中的"你"是谁，从而明确竞争对手，就说："想象基于现实，是想象中的某一个人，也一定有现实中某一个人的影子。"

他不想跟学生纠缠这个话题，转移话题说："你说你来参加自学考试。在校生也可以参加自学考试吗？"学生说："自学考试对学历没有要求，在校生可以参加考试。我已经考过八门了，努把力，明年毕业时就可以同时拿到自考专科文凭和中专文凭。"说到学习，学生变得很自信，眼睛中闪耀出光芒，没有了羞怯和忧伤。

他高兴地说："祝贺你！"学生很会说话，说："谁叫我是您的学生呢。做您的学生不能不优秀。老师您优秀，我不能给您丢面子。"

他有了成就感，话也就随和了许多，就嘱咐学生再接再厉，再用两年时间拿下自考本科，以后也考研。学生说她是打算考研，还要考他的学校，跟他成为校友，他又警觉起来，叫学生考北京的学校，比如北大或者人大、北师大。

"有才华的人应该首选北京的名校。"他说，"万一考不上，调剂到别的学校也容易。你不要怕，我帮你。"学生明白他话中有话，自己和他之间是不可能的，含泪点头说："好。我听老师的。"

虽然明白和他不可能有爱情，学生还是很依恋他的。他骑车带她去看考场，她坐在后座上情不自禁地搂住他的腰，脸贴在他的后背上。他一开始以为是路面不平，比较颠的缘故，后来发现路面很平坦，没有什么颠簸的地方，就用右手轻轻按了一下她搂着的手，她的手迅速缩回去了，脸也不贴他的后背了。

离考场还有几百米，学生跳下了车。他停车，说还没到，怎么不说一声就下车了。学生说怕被同学看到，他笑了，学生也笑了，都笑得不自然。

"您回吧。谢谢您。"学生说。"考完找我，我带你去食堂吃饭，提前感受一下高校食堂的饭菜。"他很客套地说。

"不了，考完就要回校。周日晚上必须到校，这是学校的规定。"学生明白他的客套，坚定地说。"这个规定我知道。那就下次吧。下次考试来找我，上午就来。"说这话时，他松了一口气。

"不了。以后不来了。您多保重。您永远是我的榜样。"学生说完，就低着头向他挥挥手，跑走了。他感到心很痛，为自己，为学生。

四十九

十二月底，他又一次回到了农中。这一次，他直奔校长的宿舍，他想从校长那里得到她的消息，也想问问肖明的事。校长见到他没有惊讶，说："还是放不下这里，放不下我，又来看我了。"他苦笑，说他想知道她的情况。

校长说具体情况确实不知道，她在家里发生的事，她家里人知道，对外肯定守口如瓶。

他说："她怎么那么傻，吃了那么大亏就吞进肚子里了。她可以到派出所告她二哥这个畜生。"

校长思考了一下，觉得还是把自己知道的都说出来为好，就说："她的情况，我上次跟你说了。当时看你情绪不对头，我没敢说得那么细。"校长告诉他，她一生下来，就被遗弃了，养她长大的父母其实是她的养父养母。她父亲早晨放牛时把她捡回来，她母亲不愿意收养，她父亲为了说服她母亲，说就当儿媳妇养。这本来就是随口说的，她懂事后知道了，就当真了，想当大儿媳，因为大哥对她稍微好一点，二哥眼红了，就说他俩年岁相仿，长大后要娶她。后来，她考上了学校，父母就不提当儿媳妇这回事了，把她当作亲闺女养。但是，她二哥不愿意，有意无意说她是他的未婚妻，从小就定好的，害得她不敢回家。她父亲去世后，她失去了靠山，她二哥更是有恃无恐，最终就这样了。这谁也没想到，她母亲也没想到。听说她为了防范她二哥，每次回家都是跟她母亲住一起的。

说了这些，校长问他："换作是你，你能到派出所报案吗？父母的养育之恩能忘吗？"他摇摇头，又怨校长早不跟他说她的家里情况。校长说："这是人家的隐私，不能说。要说，也是人家亲口说。你跟她相处三年，她都没有跟你说，没跟你透露一丝信息，说明没有到说的程度。"

"我周末一般不回家，寒暑假回家也就待三四天，我是要考研。她也不怎么回家，在家待的时间比我更少，我以为她是为了单纯地陪我。我傻了，都没问过她原因。"他责备自己。

"这种事少见，你也想不到。我如果不跟她父亲是老熟人，我也不知道这些。"校长安慰他。"都怪我只顾学习，只顾自己奔前程，忽视了跟自己走得最近的她。我但凡有一点心思花在她身上，都会问问她的家庭情况的。

我问，她会说的，她信任我。"他又责备自己。

校长找不到理由安慰他，就说："你不要自责了。""您对她好，就是因为这个吧。我是说，因为您跟他父亲是老熟人，因为您知道她的特殊情况。"他想得到肯定的答案。有了这个肯定的答案，他认为她在这里的三年是有爱的是幸福的。"在我心里她就是我的另一个女儿。"校长揉揉眼睛说。

"早跟我说，我和她也可能能成。"他又把自己跟她联系了起来。"同情不是爱，也不会长久。"校长说。

"我同一时间不能做两件事。"他想解释自己不谈恋爱的原因。"你以前说过。能成大事者都很专注，都一根筋，我想，她也不会怪你。如果怪你，她也不会跟你走得那么近。"校长这么说，想减轻他的愧疚感。

"她很善，很细心，也很懂我。"他说。"也很敏感。"校长说，"这种敏感不是天生的，源于家庭环境。所以，她很累，心累，有一点风吹草动都会受到惊吓。"

"所以她保护自己，有一层厚厚的壳。相处三年，我以为彼此间是无话不谈了，她的遭遇我却一点都不知道。"他感叹。"都过去了，不谈她了。你们各自安好就是对你来说最好的结局了。"校长说。

看他陷入沉思，露出失望的神色，校长说："她好歹进城了。她嫁的人好不好，我们不敢乱猜测，好歹男方家庭条件不差，日子没准过得也不错。你就不要为她伤心难过了。这世界，没有几个人是真正嫁给爱情的。不都是活得好好的？"

"不说她，以后也不说她了。"他掩饰自己难过的心情说。

"肖明结婚了。"校长想说说开心一点的事，把话题岔开。

五十

听校长说肖明结婚了，这让他稍稍有点儿开心。肖明结婚了，说明肖明没事了。

他问肖明跟谁结婚了，校长说，还能跟谁，当然是跟刘校长的女儿。他想想也是，肖明要是跟别人结婚，先得坐几年牢。如果先做几年牢，结婚的对象大概率还不如刘校长的女儿，甚至还有没有女人愿意跟他结婚都难说。

他问校长，肖明是怎么回来的。校长说是被刘校长领着回来的。他问刘校长是怎么找到肖明的，校长说是肖明主动去的刘校长家里。然后，校长解释道："肖明原本是打算认错的，争取宽大处理，刘校长认为他没有做错什么，他跟自己的女儿谈恋爱是被大家认可的，现在水到渠成了，要做的就是领证结婚，给这桩感情做一个交代。他一听，知道无路可退，只能硬着头皮跟在刘校长后面来见我。"

"肖明不傻，他岳父也不傻。最后谈妥了，才来见我这个校长，请我出面收拾残局。说是收拾残局，就是叫我当主婚人，赶紧把两个人的婚事办了，免得夜长梦多。"校长补充道。

"是怕肖明又跑了？"他问。"跑不了。世界之大，能跑的地方一个都没有。早点把婚事办了，大家都心安。万一双方吵架了，就是小两口吵架。不办个婚礼，吵个架可能就分了。分了，能分得了吗？还不是又要我收拾烂摊子。"校长讲解给他听。

想到自己曾怀疑刘校长的人品，他说刘校长一家人厚道，没有为难肖明，还成全了一桩姻缘。校长说："在我们农中没有坏人，只有偶尔犯点小错的人。"然后得意地笑了，笑得很自豪，笑得他不好意思了。

"学校特批给肖明两口子两间宿舍，他爱人又在水库南边紧靠学校的地方开荒，搞了个菜园子。小两口没事的时候就去浇浇水、拔拔草，一日三餐的蔬菜就不用买了。他岳母隔三岔五过来送点米、送点油、送点鸡蛋，一日三餐的粮油和鸡蛋也不用买了。生活上不花钱，钱就攒下来了。他两口子小日子过得很滋润，有时还手拉手在校园里走走。"校长描绘了肖明婚后生活的美好画面，对于他们三天两头就吵嘴打架的事绝口不提。

"肖明这是因祸得福，身在福中了，这会是偷着乐了。"他说，"爱情没了，婚姻有了。有得有失，得失在心。"羡慕之余，他又觉得肖明一步错，步步错，不该耍小聪明，一时犯糊涂。谁没有错过？想到她，他又难过起来。

"都是过日子。怎么过都是一生，跟谁过都是一生。人不能同时过两种生活经历两种人生，所以就没有优劣的比较，甚至也就没有对错的说法。"校长看出来他在想她，开导他。对自己能说出这些自己都不太明白的抽象的话，校长自己都想不明白为什么。"急中生智"，校长想到了这个成语。

"这个我都懂。有时又不想懂。懂了，人生就没有意义了。"他说。像是经历了沧桑，看透了一切。"懂与不懂都要往前看往前走，不要停下来往回看。趁年轻，多往前看看走走。"校长明知自己的劝说起不到多少作用，还是语重心长地说。

"我记住了。以后尽量多做事，少乱想。"他机械地说。"人生的沟沟坎坎不算什么，跨过去，往前走，不回头。前进就有希望。"校长点拨道。说这话，校长感觉自己像个哲人，又感觉自己的话好苍白，还重复了自己刚才说过的意思。

"我记住了。往前走，不回头。"他说。说的还是自己上一句话的意思。校长觉得这样谈下去至少不会立即有效果，就问他要不要去见见肖明，他说下次吧，校长就说那也好。

他不去见肖明，是不想打破肖明刚刚趋于平静的生活，不仅仅是因为自己心情不好。校长以为他是不想看到肖明新婚的状态，触发他对她的更深的思念。

五十一

他要走，校长留他吃饭。他要去买酒，校长说有酒，就是桶装的散酒，不上档次而已。

借着酒力，他问校长为什么不再找一个女人，校长说："就这样对付着过吧，大半生都过去了，老了，也没什么要求了。"他说校长是心老了，校长的心老是故意的，是害怕爱情了。

校长给自己的酒杯斟满酒，对着他举了举杯子，一口喝下去，说："是爱情老了。到我这个年纪，找个老伴都不容易，谁愿意伺候一个老头子？爱情就更是奢侈品，更是想都不敢想。"

他说："您女儿大了，又不在您身边，需要有个人照顾您。"校长想了很多,沉吟很久,才说:"有个人照顾更觉得孤独。不是对的人在身边,就会有比较,就会更多的时候想到曾经的对的人。"

他反过来劝校长:"您刚才叫我往前看往前走,您也要往前看往前走。我往前走很远不一定找得到对的人,您往前走一小步很可能就有对的人在等着您。有人等着就好找。"

校长也喝多了,敞开了心扉,说出了压在自己心头多年的话:"我妻子的死跟我有关。我就是有了对的人,我也不能再婚。我在我妻子临终前发过誓,说不再婚,要把女儿培养成人。我要说到做到,不能辜负死人。"

原来,校长从省城被贬到老家,喜欢上了一个上过初中的女孩,但是,校长父亲做主给校长找了另外一个女孩,理由是这个女孩的父亲逃荒时救过自己,这个女孩又看上了校长,于是,这个女孩就成了校长的妻子。校长做梦都没有想到的是,他喜欢的那个女孩居然是妻子的表妹,是妻子姑妈的女儿。

校长跟妻子的表妹藕断丝连,后来就偷偷摸摸在一起了,虽然这个表妹也嫁了人。校长妻子顾及校长的面子,念及夫妻情分,啥也没说,心里有这个结又解不开,几年后就病逝了。校长觉得亏欠妻子太多,不可弥补,就在妻子病床前发了誓。

他不知道这些,以为校长对亡妻用情太深,就说:

"您不要把责任都揽到自己身上。您这一辈人年轻时生活都苦，您爱人的离世属于生死有命，您不要自责。""发誓只代表当时的情感。您把女儿培养得这么优秀，您爱人在九泉之下也是希望您再婚、希望您幸福的。再婚不代表忘了她。"他又说。

校长说："有合适的，我会考虑。叫我主动去寻寻觅觅，我做不到，心里的坎过不去。每个人都有过不去的坎。""看你只会看书，头脑简单。看不出也懂书本以外的东西，知道一点人情世故。你也会劝人了，还会寻找到适当的时机。"校长又说。

他调皮地说："跟着校长您时间久了，看着您为人处世，就偷学了几招。咱们农中的人，都好，都善解人意。"校长很高兴，就说："你这话比我水平高。应该是跟你导师学的，不是跟我学的。"

酒喝得差不多了，校长虽然醉了，心里还是清楚得很，就说："以后不要隔三岔五过来了。安心学习。你过来看我，耽误你学习时间，我不高兴。我想你了，我就到你学校去找你。"

校长的言外之意是，不要心里总是想着农中，想着她；经常过来，睹物思人，更放不下她了。他听出来了，就说："我听校长的，以后少来。"

临走时，校长执意要送他。他挽住校长的手臂，跟校长一起走。送到水库的尽头，校长跟他说："往前走吧。不送你了。"他要跟校长道别，校长说："不要回头了。往前走吧。我看着你走。"

他用手抹了一把眼泪，甩到了水库里。顿时，他感觉水库里的水都是自己酸楚的泪。

男人见不得男人的泪。校长看到了，怕他回头看自己，见到自己也在流泪，转过身就往回走。

<h1 style="text-align:center">五十二</h1>

她匆忙中嫁到了城里，又以最快的速度调到了公公的单位自行车厂。公公为了看住她，把她放在厂办当秘书。

在报纸上看到他的《给你》，她崩溃了，捧着报纸在卫生间哭了半天。晚饭后又借故出门，在他学校附近的环城河边痛哭了一场。痛哭过后，她把报纸撕碎，碎成了小纸屑，撒在了环城河里，看着月光下的微风吹过河面，把小纸屑缓缓地带走。

"今生的所有的幻想都被撕碎了，所有的关于幸福的憧憬都被流走了，接下来，就是活着，仅仅是活着。"她想。心里的血一滴一滴地滴着，等到滴完了，她打算回家，脚步却不听使唤。

不知不觉中她走到了他的学校的门前，她想看一眼他的学校是什么样子。"见校如见人。就算是跟他告别吧。"她跟自己说，"心里能不再想他吗？""他会忘了我吗？不会的。《给你》就是写给我的啊。"她又哭了，哭得头更加痛了。

她的小声的哭泣引来了出入校门的人的注意。有一对恋人停下来，同情地看着她，问她怎么了，她不知道说什么，就说在等人，等一个朋友。女孩便对男孩说："我不会哪一天也像她这样吧？你永远都不可以让我流泪。"男孩回应道："能让女人伤心的男人心都太狠，铁石心肠。"她听了，想对这一对恋人说："不怪他。"说不出口。

看着这一对恋人拉着手走进校园，她想，他现在不知是否也在伤心着。想到他去了农中，去了他们曾经相识的地方，面对她的宿舍门上冰冷的锁，回看她门前的那一棵刺槐树，她想象不出他有多痛苦，又替他难过了。

眼角的泪水总是擦不干，她也不顾了。这一刻，她只想着看到他的校园。走到大门前，她发现有个门卫盯着她看，缩回了几步。看到别人进出校园，门卫也不问询，她又想随大流，溜进校园。

在纠结中，门卫走过来，问她是不是找人，如果是找人，就要登记一下。她说不找人，就想看看校园。门卫不让她进，就说："天下高校一个样，都是大楼和大树，没什么好看的。"她央求门卫，说进去看一眼就走，门卫依然不同意，她只好走了。

走到马路对面，她想，或许他会在这个时候进出校园呢。这么想着，她又停下脚步，在马路对面紧盯着进出校园的年轻人看。

看不到他，又怕公公婆婆起疑心，九点半左右，她看了看手表，怀揣着失望回家了。

回家的路，她觉得好远，走得好累。她走不动了，一步也不想走。离家越近，她越不想回家。

"他是一个用功的人，是在学习。这个时候应该是在图书馆看书。"在回家的路上，她不停地自己跟自己说话，声音越来越大，不顾周围的人看她的异样眼光。

回到家里，正在看少儿节目的爱人说："我妈好担心你，都出去找你三遍了。"担任街道办主任的婆婆说："别听他瞎说，我出去散步了。"说着就端过来一杯热好的牛奶给她。她爱人见了，马上说："妈，我也要喝。"她就把牛奶递给了她爱人，然后进了卧室。

她进了卧室，她婆婆又端了一杯牛奶跟了进来，递给她说："有什么不开心的事跟妈说。"她说："我就是想我妈了。出去走走，散散心。"婆婆说："那星期天叫你爸派个车送你回老家看看。"

她又说："我就是在心里想，也不想回去。"婆婆把她头发上的一片树叶取下来，说："你这孩子说的话，妈都听不懂了。"她硬挤出一丝笑容，搂住婆婆的肩说："我就是撒个娇。"

婆婆看到她的泪痕，知道她哭过，什么也没说。

五十三

第二天中午，她去新华书店买了成人高考的书，她要考上他的学校。上夜大，凭自己的本事从容自信地走进他的学校，只为看他的学校一眼，这是她最大的愿望。在校园里与他偶遇，是她不敢想象的情景。她觉得太奢侈，也太残酷。

婆婆看她每晚学习到深夜，心里着急，着急她不把新婚当新婚，怕她把婚姻当作跳板，有想法，就叫她早点要孩子。她的公公便跟婆婆说："儿媳妇爱学习，是好事。年轻人有上进心，值得鼓励。他们还小，过几年要孩子正合适。"

婆婆看着儿子说："就怕留不住，翅膀硬了就飞走了。前面的那个儿媳妇，人也好，结婚不到半年，不还是离了？"公公说："真要走，留不住，不要强留。我看这个儿媳妇心眼好，懂事，不会走的。"

虽然公公婆婆说话的声音很小，她在书房还是听到了，也知道公公婆婆是在说给自己听，就出来说："爸，妈，我既然嫁进咱家的门，就永远是咱家里的人，你们放心好了。利用婚姻进城，然后离婚，我做不到。我参加成人高考，是想多学点知识，多学点本领，没有别的想法。"

婆婆听了，一行泪水落了下来，说："妈知道你心眼好，第一眼看到你，妈就认定你了。妈跟你这辈子有缘，是一家人的缘。"

公公说："你妈年纪大了，爱唠叨两句，你别往心里去。我陪她唠叨，就是陪她说说话。我们说的话都是随嘴说的，没什么别的意思。你把书房的门关严了，我们说话声音再小点，就不影响你学习了。"

她见婆婆落泪，就说："我妈就是想多了。咱们一家人相处得这么好，你们对我这么好，把我当女儿一样宠着还嫌不够，我能跑到哪里去啊。厂里人不骂我，我自己良心也过不去。"

公公忙对婆婆说："就你多心。看儿媳妇多懂事。"又对她说："你去学习，不耽误你，我跟你妈到卧室说话。咱家以后还要靠你撑着。"

回到书房，她琢磨公公"咱家以后还要靠你撑着"这句话，一下子觉得肩上的担子很重。觉得肩上的担子很重，她下意识地摸了摸自己的肩膀。再细想公公的这句话，她觉得公公的意思不这么简单，是希望她在这个家，不要离开他们，不要抛弃他们的儿子。

再品味婆婆说的话，她觉得婆婆的担忧是人之常情，她的学习给婆婆带来了恐慌和不安。这促使她考虑参加成人高考是否必要。这一刻，她动摇了。"嫁为人妇，心里想着别的人，是不对的。"她自责。

因为自责，她想到了校长和他妻子的表妹。"不能做校长妻子的表妹那样的女人。"她努力克制自己对他的思念，说。

"爱情是爱情，友情是友情。跟他没有恋爱过，手都没碰过，情话也没说过，哪来的爱情？对他的思念也就是对朋友、对友情的思念，没有别的意味。"她又为自己的思念讨说法。她认为自己不是个心术不正的坏女人。

由于对参加成人高考的必要性产生了怀疑，她接下来的好几个晚上，看书都不上心，早早就熄了灯。公公看出来了，就把婆婆支走，叫她安心学习，不要被婆婆的话所影响。

"爸爸相信你的实力。你不但要考上，还要得高分，让爸脸上有光。咱家要出大学生了。到时候，爸给你做一桌子的菜，好好庆贺庆贺。爸手艺不错，就是平时没时间。"公公说。

"爸的话，让我有动力了。我会尽全力的，心无旁骛，就像当初参加中考一样。"她向公公保证。公公听了她的保证又心疼了，说："不要拼得太凶了，第一年考不上，第二年再考。"

向公公保证了，她的心安了，她学习的效率提高了。

五十四

"潘虹"贴在床边的墙上。睡觉前，他看着"潘虹"发呆；睡醒后，睁开眼，他也看着"潘虹"发呆。离开寝室，他要看一眼"潘虹"；回到寝室，他第一眼要看的也是"潘虹"。见画如见人，看到"潘虹"，他就像看见了她。

室友不在寝室的时候，他会把手洗干净，再用干净的背心仔细地擦去"潘虹"上的灰尘。边擦边看'潘虹'，他感觉'潘虹'也在看他。恍惚中，他看到'潘虹'从画中走了出来，慢慢变成了"她。"

室友发现了他的这个秘密，以为他心理上有问题，就问他是不是暗恋潘虹。他说："潘虹都不知道我的存在，我暗恋她，我傻啊？"

室友说："那你心中一定有一个秘密，而且这个秘密跟潘虹有关。那个人像潘虹？对了，你那个学生就有点像潘虹。你是不是暗恋你那个学生？与其暗恋，不如追到手。我看她蛮喜欢你的，也挺主动的。"他说："你想象力太丰富了。不说这事。"

室友说："也是。你学生喜欢你，你不喜欢她，我能看出来。"可是，室友又想追根究底，又说："这'潘虹'一看就是从电影画报之类取下来的。你没有闲工夫看这玩意，更不会买这玩意，你这'潘虹'从哪里来的？背后一定有故事。你不要瞒我，瞒我是瞒不住的。"

他实话实说："有同事知道我喜欢潘虹，就送给我这幅画。"不想跟室友说得太多，他又说："此事到此为止，我们不谈了。"

室友不听他的，想深挖下去，说："你刚开学那会儿看'潘虹'跟你现在看'潘虹'，眼神是不一样的。刚开学那会儿你看'潘虹'，好像很快就能见到'潘虹'似的，眼中充满了期待和幸福；你现在看'潘虹'，就像与'潘虹'诀别一样，眼中有绝望，有不甘。我说的对不对？""你比以前话也少多了，除了看书学习，对什么都不感兴趣，明显是情伤。"室友又说。

心里的秘密被室友看出来了，他极力掩饰，说："我承认你在这方面是高手，你也不要乱猜。我就是单纯地喜欢潘虹，就这么简单。不联想。"

室友说："那我问你，这画是哪个同事送给你的？是男的还是女的？你跟我说实话，不许骗我。"他说："是我在老家中学教书时的同事，是女的。就是普通同事。可以了吧？"

室友说："你那首《给你》是写给谁的？我看你国庆节回来后情绪就不对。你说那个'你'是谁？"他说："'你'是虚指，不是实指；是想象中的爱的对象，不是某一个现实中的具体的人。你搞文学难道不知道虚指？"

室友看他急了，打趣道："那就是说，你爱很多女人，不是某一个女人。跟我说说喜欢哪一类女人，叫我老婆给你物色，包你满意。"他说："我自己找，不要你操心。"

室友说："我是不操心。我操心你看花眼了。今天这个学生，明天那个同事，追你的人多。"他想轻松一下，开玩笑："这就是没有女朋友的好处。谁叫你早早结婚呢，失去了这个权利了吧。"

室友正经起来，说："不过，你有什么秘密，你不说，我也不问了。你要振作起来，长期处于伤感的状态，身心都受打击，对健康不好。"他说："真没什么事。"

室友说："那我说的话就是废话了。消除情伤唯一的办法就是再找一个更优秀的。老兄我就这一条经验，给你了。"他说了声"谢谢了，我用不上"，就不想再说下去。再说下去，他就装不下去了。

室友为了让他有释放情绪的机会，就说："你要谢，就要有行动。今晚喝一杯，你请我。别人是酒后吐真言，我俩酒后不说话。好了吧？"他也想解解愁，就说："好的。将近一个学期了，我俩还没聚过。"

室友说："你请客，我付钱。我老婆有钱。我读研，她养我。"说了之后又觉得说错话了，不该提及"老婆"二字，伤了失恋中的他，就说："这次还是应该你付钱，下次我请你，我付钱。这个账要算过来。"

他明白室友的意图，故意提及"老婆"二字，说："就你精明。老婆口袋里的钱都想掏。"

五十五

对她的思念是消除孤独的唯一方式，也是产生孤独的唯一原因。寒假在家，亲戚来来往往，拜年的人吵吵闹闹，他更觉孤独。孤独中，他为自己写了一首诗《如果云知道》：

怨泪水不似清泉

流回心

稀释那个意思

轻衔笔尖

如吮吸你的注视

躲躲闪闪

不辨苦涩

恨你也恨自己

在这首诗里，他恨她，也恨自己。恨她只是表面的，恨自己才是真的。寒假过后，他把这首诗投到了省城的晚报，他想以这种方式向她表达发自灵魂深处的深深的歉意，祈求她不要怨他，不要恨他，不曾想到这首诗对她造成的、可能的影响，也不曾想到这首诗暴露了他自己的内心的痛楚。

不出所料，两周后这首诗发表了。

校长看到后，给他写了一封措辞严厉的长信，要求他不要沉浸在过去而不能自拔，希望他砥砺前行以学业为重。这是校长第一次批评他，而且还是这么严厉，他感受到了问题的严重性，第一时间回了信，向校长道歉，表示自己不再儿女情长，将更加专注于学术。校长很快又回了信，这回是满纸慈祥和关爱，嘱咐他下次去农中一定要带一个女朋友过去。"我看到了你事业有成，也想看到你爱情甜蜜，否则，我放心不下。"校长在回信中这么说。

他的室友看到这首诗后，什么也没有说，请他吃饭，把他灌醉，然后把他拉到学校的操场上，扔下他走了。

临走时，室友说："这里就你一个人，只有黑夜陪着你，有什么话你就对操场说，对苍天大地说。它们理解你，你跟它们互诉衷肠。一次说尽，不要憋在心里。说完了，不要乱跑，等着我，我来找你。记住，我只给你一个小时的时间，抓紧说。"室友说走，其实没走远，就在操场的门口看着他。

他的学生看到这首诗后，以为他读研期间有了恋情，目前处于失恋期，便鼓起最后的勇气，试探性地给他写了一封信，说永远忘不了他，想看看自己有没有机会爱他。他很快回复，叫她不要胡思乱想、不切实际。从此，学生死了心，不再写信给他。

他的女同学看到这首诗后，以为他有悔恨的意思，想着如果真的有缘，他会找她。她主动找过他一次，还被他误解和羞辱，这一次，该他主动了，她想。她这么想着，想了两个月都没有等到他的出现，就觉得是自己想错了，不再想了，虽然心里还是充斥着委屈和不舍。

她看到这首诗后，像上次一样，捧着报纸去了卫生间，不过，这一次，她没有哭。这让她自己都很惊讶。把诗背下来之后，她把报纸撕碎，放入马桶，按下马桶水箱的按钮，让水冲走了。"放在心里最好，谁也不知道。"她想。"心最苦，凡是不能说的，都在心里。"她又想。手捂住左胸，她觉得她的心好难过、好受罪、好可怜。

在同一时间，她所在的自行车厂的一个女孩也看到了这首诗。

这个在自行车厂子弟学校当初中语文老师的女孩爱诗，被他的诗感动。他的《给你》，她抄下来了；这首《如果云知道》，她同样也抄下来了。对照这两首诗，她发现他是情感细腻、真挚的人，而且还很善良，把相思和失恋都写得这么凄美动人。联想到他本人，想到他的相思和失恋，她又觉得他纯情，应该收获美好的爱情。不止一次，她有爱他的冲动，苦于不认识他，也不知道他的单位。"这就叫相思吧。"她想。因为相思，她觉得自己更理解他了，与他有了一种灵魂上的碰撞和交融。

五十六

经过大半年的努力，她以高分考上了他的学校。虽然是夜大，虽然是专科，想到能有机会和他共处一片天空、共望一方星空，拿到录取通知书的时候，她还是很激动的。激动得想告诉别人，又没有人可以分享，只因这是心底的秘密；激动得想哭，又没有泪水，只因该流的泪水早已流干。

又一次来到他的学校的门口，她没有犹豫和停留，迈着坚定的步伐，大步往前走。她想："早一秒钟看到他的学校也好，就看看里面的大楼和大树。"那个门卫居然认识她，边喊边跑过来，拦住了她。她掏出录取通知书在那个门卫面前扬了扬，说："我是来报到的。我是新生。这是我的学校。"门卫向她投来钦佩的目光，做了一个请进的动作。

真正进到学校，她啥也不想看。打听到中文系所在的那栋楼，她直奔过去，像是急切地去见久别的、正在等待她的亲人。走到中文系的楼下，她清醒了。看着"中国语言文学系"这七个大字，她看了又看，把这七个大字刻在脑海里，才恋恋不舍地走了。

走在去成人教育学院报到的路上，她东张西望。由于不知道大学的课程安排跟中小学不一样，看到一栋教学楼的门口很热闹，一大群学生出来，另一大群学生进去，脚步都是匆匆的，她看糊涂了。

"这应该是第二节课下课的时间，有的学生就跑出了教室，后面两堂课不上了？有的学生这个时候才去上课，前面两堂课不上了？整个学校有这么多人旷课、迟到早退，没人管吗？这学校的管理怎么这么差？这大学教师也太不负责任了吧？这不是误人子弟吗？"她想。考上大学了，没有压力了，就混日子了。她感叹这些大学生不知道珍惜时间。"像我这样没有上过高中的中师生,想读个大学多难啊。就是考个夜大,也脱了一层皮。"她禁不住感慨万分,下意识地摸了摸自己的手臂。

由此,她又想到了他。他是好学上进的,是勤奋苦学的。在学习方面,他不用她操心。她操心的是他的性格是不是改了,会不会又冲动鲁莽了。"高级知识分子该有的温文尔雅,他是有的。知识会把他驯服的,驯服得具有温良恭俭让的品质。"她想。这样想,她又不操心了。他咳嗽,他累了就咳嗽,大声地不停地咳嗽,她在她的宿舍都能听得清,该有个人管管他,在这方面对他狠点,叫他悠着点。她想不操心又不行。

正在操他的心,她好像听见有人喊她。惊慌中停下脚步,看了看四周,断定没有人喊她,她更紧张了。万一在路上遇到他怎么办?她没有准备好。"他可能没有想到,更没有准备。"她想,"不要吓着他,万一远远地看到他,就躲起来,来不及躲就跑,跑得远远的。"

想着这些,她走路变得格外小心了,走几步就东张西望,警惕地看着周围的行人。每当有人看她,她就低下头。她感觉自己的举动像个贼,又像是在做坏事的特务。

到了成人教育学院,报了到,交了费,拿到了这学期上课用的教材和课程表,她又低着头,躲着来来往往的人,抄近路,一路小跑着,跑出了校园,顾不得看校园里的大楼和大树。

　　跑出了校园，她喘着粗气对自己说："能离他近一点就满足了，还是不要遇到他。遇到了，对彼此都不好。"

　　两年的夜大，保不准哪天晚上会遇到他。遇到了就大大方方地打个招呼吧，其他的什么也不说，说了又能怎样，能回到过去吗？她最后做了这个艰难的决定。做决定时，她的心好像被针扎了一下。

　　那个门卫看她直喘粗气，就向她招招手，说："再有事也不能急。过来歇会，我这有凳子。"她向门卫摆摆手，鞠了一躬，走了。

　　走到学校的对面，她又回头看了看学校的大门。第一次，仔仔细细地看了学校的名字。这一刻，她觉得学校的名字就是他的名字。

五十七

　　夜晚，第一次走进他的学校的教室，她喜悦中藏着紧张。她听说有的教授看不起夜大的学生，课就由研究生来代上，她怕他来给她上课，就找了紧靠后门的角落坐下来。"如果是他来上课，被他看到了，我就跑。"她寻思着。

好在这种听说是错的，给她上课的不是研究生。

听大学老师上课，她思绪万千。她想象他毕业后站在大学的讲台，更有风采。他的声音、他的眼神、他的学识、他的睿智、他对于教学的热爱都决定了他将是最优秀的大学老师，他在学生的眼中、心中最有魅力，她认为。想着他的风采和优秀，她的心隐隐作痛，又为他自豪。

课间，老师看她一个人坐在角落，不跟同学说话，显得很孤单，就走过来问她在哪里工作，她说在自行车厂。老师听了，仔细打量她，说自行车厂不好进，她附和着说是的。老师问她高中是在哪上的，她说她没有上过高中，上的是中师。老师的目光一下子明亮起来，说自己是没有考上中专，才上的高中，考了大学，她像犯了错误似的笑了笑。

停顿了一会儿，老师又问她英语水平怎样，她说以前在老家的中学当过英语老师，就高中水平吧。老师像是从她的身上看到了她的未来，就劝她考研，说如果不考研，在厂里混一辈子，会有遗憾。

"只要英语不拖后腿，肯定可以考上。"老师说。"我有个师弟，也是我以前的学生，就是中师生出身。他底子差一点，但是，智商高，以后肯定比我强多了。做学问，拼到最后就是拼智商。"老师又说。她知道老师是在鼓励她，不惜贬低自己，就用感激的语气跟老师说，她没有那个决心，也没有那个毅力。说的时候，她想到了他，她认为老师说的那个中师生出身的师弟就是他。"他是真的厉害，到哪里都能脱颖而出。"她想。说的时候，她又想到了这个老师可能就是他在省城师范学校读书时的语文老师，研究生毕业留校了。"以后不跟这个老师聊天了，问什么也不说了。"她警觉起来。

老师见她没有考研的意思，就说："自行车厂的效益据说很好，比我们高校强。你读了研，毕业后还不一定回得去。"她心情复杂地对老师笑了笑。

放学后，已经九点半了，她不知怎么了，没有随大流，向学校门口走去，而是径直向灯火最明亮的大楼走去。走近了，看到"图书馆"这三个字，她感觉他此时此刻就在图书馆的阅览室里看书，她径直来到这里是因为感应到了他的思念和忧伤。

她想进去看看他，看看他看书时专注的神情，看看他思念她时那目光投向窗外黑夜时的样子。她想看到他的一切，而不想被他看到。

她的学生证是不能够进图书馆的。在距离图书馆越来越近的时候，她意识到了。

看遍图书馆的每一个亮着灯的窗口，她没有看到他，也没有看到其他人。"这里的学生都在用功，跟大白天看到的学生不一样，他更用功。"她为没有看到他的身影而惆怅，也为他的勤奋而骄傲。"他就是最优秀的。在强手如林中依然是最优秀的。"她反复跟自己说，反复确认他的优秀。

离开图书馆大楼，她把学校走了一遍，摸清了教学楼、宿舍楼、食堂、洗澡堂，想象他每天的生活轨迹，又把他从宿舍到食堂，再到教学楼和图书馆的路，走了一遍。"白天不敢走，晚上敢走。"她给自己鼓劲。

走到学校最南边的围墙，她还用手摸了一下墙。她觉得她把他可能走过的地方她都走过了，她和他就有了共同走过的路、共同去过的地方，也有了共同的关于这些路、这些地方的记忆。摸到墙的瞬间，她想，他也可能摸了这个地方，她的指尖仿佛触摸到了他的指尖的温度，心也跟着热了起来。心热了起来，眼睛就热了，泪水就在不知不觉中湿润了眼眶。

往后的每一个有课的夜晚，都能来他的学校，都能坐在他的学校的教室里听课，都能在他的校园里自由地行走。这就够了，不必再有奢求。她在心里无数次地劝说自己。

五十八

带着诸多说不清的、苦涩的滋味，她走出了他的学校。没来得及回眸再看，她看到了迎面走来的婆婆和爱人。

婆婆和爱人一起来接她，让她感动又意外，觉得家里人把她第一次上课看得也太重了。

她爱人说："我们看这个门出来了好多人，就是没有你。我妈要进去找你，看门的不让进。这看门的比我们自行车厂的看门的更威风。"她向婆婆道了歉，说自己第一次来上课，好奇，放学后就在校园里转了一会。

婆婆说："我们也是刚来不久。九点到的。"说着，就要帮她背书包。她护着肩上的书包说："妈。书包不重，里面就两本书和一个笔记本，我自己背得动。从小干农活，我还挑过担子呢。这几斤重的书包不算什么。"

婆婆没再坚持，从手提袋里拿出一杯牛奶说："在家热过的，又凉了。趁着温热喝了，补补身子。读书耗脑子。"见她接过牛奶，说一声"谢谢妈"，又看着爱人，没有及时喝，婆婆又说："他喝过了"，她才打开瓶盖喝了奶。

路上，婆婆问她上课的老师是男是女，大约多大年

龄，她回答了。婆婆又问老师结婚了没有，她说她不知
道，看年纪应该结婚了。婆婆又接着问她班里有多少
人，有多少男生多少女生，她又被问住了，说没注意。
她说没注意的时候，发现婆婆很满意，就觉得婆婆多
心了。

为了不让婆婆多心，她说以后放学，按时回家，不
在校园里转悠了，反正学校也不是很大，她大致也能搞
清楚图书馆、教学楼等等的位置了。

婆婆仍不放心，说："班里有你认识的人吗？我是说
你以前就认识的人，比如说你的同学、你以前的同事之
类的。"她耐心地说："应该没有吧。我的同学和以前的
同事都在农村，没听说谁进了城。没有人叫我，要是有
认识的人，肯定会叫我的。"

"你没有看周围的同学吗？下课时你也不跟他们聊
天？"婆婆问道。"我进教室，找了个位子就坐下来看书，
上课了就听老师讲课。下课了，我就整理整理笔记。我
也不喜欢与陌生人打交道。"她有了不快，"我也不喜欢
与陌生人打交道"这句话是临时加上去的。

"我妈说不放心你，叫我跟她来接你。"她爱人不早
不迟冒出了这句话，更令她不快。婆婆赶紧补救，说：
"我不放心，是不放心你一个人走夜路。"她口气也缓和
了，说："城里不比乡下，路灯亮得很，不怕。"

婆婆找出接她的理由，说："环城河边不安全，光天

化日之下都有小痞子出没，抢钱，扒衣服，猖狂得很，更何况晚上。晚上更不安全。"她一时语塞，找不到拒绝的理由，在脑子里搜了半天，才说："我不一个人单独走，跟着行人一起走，没事的。就这一截路有点不安全，我注意就是了。"

婆婆以退为进，说："你要是嫌我们娘俩到学校门口接你太碍眼，我们就在环城河边接你，等你放学过来。不接你，妈不放心，在家里也坐立不安。"她只好说："好吧。辛苦妈了。"

她爱人高兴了，跳起来说："我以后晚上可以出来玩了，不要在家里闷着了。"她把肩上的书包递给他说："帮我背书包。接我，就要干点实事，为我减轻负担。我也真累了。"

婆婆看看她，又看看自己的儿子，如释重负地笑了，亲热地挽住她的手臂说："你爸不知道我们出来接你，在家估计着急了。"她说："那我们走快点，别让爸等急了。"

走到自行车厂家属区门口，她看见公公正骑着自行车过来，心里暖暖的，鼻尖酸酸的。

五十九

直到研究生毕业，他都没有谈恋爱。不是没有人追，是不想谈。室友笑话他是"爱情处男"，女人的手都没摸过，他也不在乎。

毕业时，导师觉得他为人老实，不擅长交际，又爱学习，不适合在社会上闯荡，就让他留校，跟着自己做学问。

师母看他没有女朋友，又老实巴交的，就把同事介绍给了他，并跟同事说："他没有谈过恋爱，十有八九不懂得浪漫，你不要对他要求过高。"同事说："我也没有谈过恋爱，见到他这样的大才子，我不被吓跑就好了，您叫他也不要对我要求过高，我就是一个专科生。"

师母说："那正好，都是初恋，都单纯，没有比较。你们就摸索着谈吧。"同事说："您就说我们两个都傻呗。"师母笑了，笑个不停。

师母在自行车厂子弟学校工作，担任初中数学老师，这个同事就是那个爱诗并想认识他的语文老师。

第一次见面，两个人都惊呆了。他发现她很像他在师范学校读书时的那个女同学，只是她的额头没有斑点。她发现他就是那个写《给你》和《如果云知道》的人，虽然很瘦，但并不柔弱，不似弱不禁风的那种。他认为遇见她是上天对他的怜爱，她认为遇见他是百分之百的缘分。

由于彼此钟情于对方，他和她都宠着对方，感情也就发展得很顺利。因为发展得很顺利，他逐渐淡忘了曾经的伤痛；因为发展得很顺利，她向他要了定情之物。"给我写一首诗吧。"她说。他答应了。

写诗的时候，他才知道曾经的伤痛依然很痛。这痛阻碍了他的思绪和诗情，也阻碍了他对她的爱，最终，在挤牙膏的状态下，他写出了《也许》：

也许我不是陪你看花的人
但我一定是同你共拾落叶的人

也许我不是陪你看海的人
但我一定是同你一起仰望星空的人

也许我不是为你梦想的人
但我一定是为你擦拭泪水的人

也许我不是给你掌声的人
但我一定是给你臂膀的人

也许我不是给你来世的人

但我一定是给你今生的人

　　她看了后觉得这首诗缺少激情，写的更多的是责任而不是爱情，更多的是婚姻的誓言而不是爱情的梦幻。"就像一对历经沧桑的恋人终于走到了一起似的。"她说。"真正的爱情就是婚姻的另一种形式，就是给予对方以港湾。"他说。

　　"那就把这首诗发表出来。"她认可他的说法后，提出了这个要求。"这是专门为你写的，只给你一个人看。发表了，就失去了意义。"他说。因为对这首诗不满意，他觉得不宜拿出去发表，对能否发表也没有十成的把握。

　　"我就是要你昭告天下，让所有人都知道你有了我，你是我的，我们正在热恋着。"她说。"你这么优秀，我还怕你被别人抢走了呢。"她又说。拗不过她，他把这首诗的名字改成"一定"，然后投了出去。

　　十天后，她在省城的晚报上看到了这首诗，高兴得请了一个小时的假，骑着自行车去他的学校找他。见了面，她就说："你太有才了。这首诗的名字一改，感情就出来了，意境就不一样了。我满意。"

　　"'也许'有彷徨不定之嫌疑，容易被误读；'一定'表达的是对爱的坚定的信念，容易引起共鸣，读者一下子就被带进去了。"她不给他说话的空隙，又说。

"你要是诗歌评论家，我的诗就永远是最好的。"见她开心，他说。"那是。当然是。"她说。

六十

他毕业留校，她两年的夜大专科也读完了。看到他的《一定》，她释然了。知道他有了真爱，她放心了。她觉得这首诗是为他的女朋友写的，也是为她写的，是要告诉她，他已经收获了爱情，正幸福着，请她忘记他，不要再挂念他。

想到他通过这首诗告诉她，不要再挂念他，她心酸了，有一种精神支柱倒下了的感觉。她的这种感觉，他在投稿时就想到了。"这样也好。各自通过这首诗在内心里同往昔'诀别'，也许是比较好的一种方式。生活总是要重新开始。"他给自己找了理由。

大专读完了，婆婆希望她要一个孩子。她说她还想继续读下去，读本科。公公说两边同时进行，都不耽误。她可以请假在家，不用上班。"不想请假，点个卯就回家也行。反正你爸是厂长，没人敢说三道四。"婆婆补充道。

这样的谈话，几乎每晚必谈。她压力大到要崩溃了，就说了实话，说她不想要孩子。

公公婆婆相互看了对方一眼，没有感到惊讶。她的想法，似乎在他们的意料之中，他们早就看出来了，只等着她说出来。

"为明是不聪明，但是，他不是天生的，是得了脑膜炎后留下的后遗症，不会遗传的。他小的时候是很聪明的。"虽然在意料之中，婆婆还是受到了打击，哭着劝她。婆婆说的"为明"是她的爱人，在自行车厂保卫处工作。

"妈，我不是不想要孩子。我不要孩子是为了真心实意跟为明过一辈子，好好照顾他。我要孩子，一个人得照顾一大一小两个人，太累了。"她也哭了，哭着说出了自己的心里话。

她没有说的是，她知道为明脑子不好使是天生的，不是得过脑膜炎的原因，如果不是急于嫁人、急于离开那个给了她巨大创伤的家，她也不会听信介绍人的话，认为为明就是内向，没别的毛病。她不要孩子已经让婆婆伤心了，不能再往婆婆伤口上撒盐。

"可我们就是为了抱孙子。你也看出来了，我跟你爸绝不是想通过孩子来拴住你。"婆婆哀求她。"妈，您不要叫我生孩子，其他什么事我都听您的。"她哀求婆婆。

"那你找一个人，找一个你喜欢的人生孩子，我们不管，只要能给我们家传宗接代就行。"婆婆判断她知道了自己的儿子是天生的智障，说怕累只是借口，就叫公公回避一下，退而求其次地说。

"妈，您这是想哪去了。我跟为明是夫妻，他是我爱人，我不能做对不起他的事，也不能做对不起自己的事。"她觉得这是公公婆婆商量好的，还是坚决拒绝了，她感到自己受到了侮辱。

"妈是一时糊涂，该死。你不要往心里去。"婆婆连忙道歉。"你要个孩子，就没有人说闲话了。别看你爸是厂长，我是街道办主任，光鲜得很，背后不知有多少人说闲话。我们啥都不缺，就缺一个孙子。"婆婆又哀求道。

"我可以领养一个小孩。"她想到了这个主意，觉得婆婆应该赞成。"领养的孩子，人人都知道不是咱家的孩子，还不如不领养。"婆婆哀求着，没有退让的打算。

"这件事暂时不谈了。大家都冷静冷静，看看能不能想出一个两全其美的好办法。"公公从卧室里走出来打圆场。"你们小夫妻俩也要好好商量商量，我们的意见是明确的，你们也知道了。"公公又对着她和正在看电视剧的她的爱人说。

争执了半年左右，她离婚了。

离婚前，公公出面把她调到了附近的毛巾厂，安排在行政科工作，又把毛巾厂厂长的女儿安排到了自行车厂宣传科工作。"我们多了一个好女儿，还是一家人。"

公公送她到毛巾厂门口时说。

离婚时，婆婆说："在为明没有再婚之前，你不要说你们离婚了，你也不能再婚。"她同意了。"今生，只爱一个人，只结一次婚，虽然爱的人不是结婚的人。"她在心里自己跟自己说。

离婚后，为明被调到了母亲所在的街道办，还是当门卫。"离了两次婚，迟早会被知道，在厂里被指指点点不好。"婆婆跟公公说。

六十一

沉浸在爱情的甜蜜里，他住在学校分给他的筒子楼里也哼着歌。"有一间房，有一个女人，就是有了家。"他对家的理解就这么简单。

女朋友第一次来他的宿舍感到很新鲜。走过长长的昏暗的过道，躲过过道边的简易锅灶，她想到戴望舒的《雨巷》，想象自己是《雨巷》中的那个姑娘，只不过没有撑着油纸伞，没有结着愁怨，而是欢快的蹦蹦跳跳的。

他把门打开的刹那，她感到那个"雨巷"多出了一个透亮的空间，宛如一下子从细雨绵绵的初夏切换到了阳光明媚的春天。无论是细雨绵绵还是阳光明媚，无论是初夏还是春天，因为与他在一起，她都有醉了的幸福感。

看到他床边的墙上贴着"潘虹"，她惊叫起来。她不能想象他这种羞于表达爱的男人居然喜欢潘虹，心里住着一个美丽的女性，藏着一个爱情梦。她说她的卧室里也有这么一幅从电影画报上取下来的"潘虹"，她也喜欢潘虹。"我姐比我更喜欢潘虹，我的'潘虹'是她忍痛割爱送给我的。"她解释她卧室里的"潘虹"的由来。

"你的这一幅是从哪里来的？你也买《大众电影》？"她好奇地问他。"我搬来的时候就有的，觉得很好看，没舍得撕下来。"他不想提及往事，更不想被误会，就骗了她。

"那这间房的前面的主人一定是个爱美的年轻女性。"她推论道。"不一定。比如我搬走了，留下这幅画，这房子的下一个主人搬进来一看，这幅画挺美的，也像我一样把它留了下来。"无意间反驳了她。

她相信他，就说："你说得对。你做学问、写论文就是用这种思维吧。我爸跟我讨论问题经常就是用这种思维。"他问她这是什么思维，她说："就是把所有的假设都想到，想全面。"他因为她的这句话而对她更加喜欢了，主动握住了她的手。

她顺势靠在他的身上，他拍了拍她的头发，轻轻地推开她说："大白天我不适应。"她说："胆小鬼。晚上你也不主动。"他松开了她的手，羞红了脸说："你不主动我就主动了。"

她昂起头看着他说："不逼你。""我爸妈想见你。"她又说。

一听说她父母想见他，他就放心了，觉得她父母不嫌弃他是个十足的农村人，他在她父母那里是过关了。

自信心来了，他吻了她的额头，说："时间你定，我随叫随到。"她开玩笑，说："你这会儿主动起来，我倒不适应了。"接着说："那就定在这个星期天的晚上，我五点过来接你。"

"进展是不是太快了点，我们才认识三个月左右。"他假装矜持。她识破了他的伎俩，说："别装了。"又说："你只会装知识分子，那是你的本色，别的，你不会装。"

他不好意思地笑了，说："好的。我不装。"随即又说："第一次见你爸妈不能空着手去吧，我该带什么礼物？我没有送过礼。""是没有给任何人送过礼，还是没有给女朋友家送过礼？"她问他，又打趣道："我爸说你送的礼物他收到了，而且还不止一次。"

他觉得这是不可能的，就说："你爸收了别人的礼物，误以为是我的吧？你爸的工作单位、你爸叫什么名字我都不知道，我怎么送礼？""我爸看过你写的诗，对你的诗印象深刻，他说你的诗就是礼物，最好的礼物。"
她解开了这个谜。

"你爸妈是干什么的？"他问。"不叫你去我家，你
就不问我爸妈的情况。叫你去见他们，你急了。书呆子
一个。我爸是60年代的大学生，在市政府办公室工作，
我妈是农民，以前当过小学民办教师。我爸当了副主任
后，根据政策，我妈、我姐和我的户口才转到城里的。"
她说。"我也是农村人出身，这回你更自信了吧？"她笑
话他。

"农村人怎么了？我是农村人，我自信。就算你不是
农村人，你也是农村人的后代。"他回击她。"不要占便
宜。看你为人实在，都是装的吧。你这话要是给我爸妈
听到了，不得了。"她吓唬他。

他言归正传，说："我要带什么礼物？烟，还是酒？
你爸抽烟喝酒吧？"她用指头点了一下他的胸膛，说："光
考虑我爸，不考虑我妈。小心我妈不喜欢你。"他意识到
是自己粗心了，她才说："礼物的事你不要操心，我来准
备，就说是你孝敬的。"

他说："那我给你钱。"说着就要掏钱给她。她调皮
地说："分得这么清？"又调皮地说，"我们厂效益好，我
比你钱多。"

六十二

周六晚上，他正在宿舍看书，听见有人敲门，他以为是她。开了门一看，是他在师范学校读书时的女同学。吃惊之余，他听到女同学直呼他的名字，又没有进他宿舍的意思，就知道她有急事找他，与感情无关。

他没有问她是怎么找到他的宿舍的，直接问她有什么事。她说："三言两语说不清，还是到外面说吧，到外面说方便些。"说完就往楼梯口走去，不管他是不是愿意。他只得锁了门，跟了出来。

走到篮球场旁边的小树林，她停下脚步，回过身，告诉他，他在跟她妹妹谈恋爱，他的女朋友是她亲妹妹。当她说出了她妹妹的名字时，他呆住了，不相信这是真的。"我跟我妈姓，我妹跟我爸姓。我外公外婆就我妈一个孩子，我爸孝顺，懂我外公外婆的想法，就让我跟我妈姓。"她说。"怪不得你们俩长得很像呢。第一次见面时我就应该问问。"他不知所措，在心里叫苦。

"我俩的事过去了，不提了。你要对我妹妹好，我就这一个要求。其实我俩也没什么事，话都没讲过几句，不算恋爱，最多算是情窦初开，互有好感。你也不要觉得尴尬。"他不说话，她顺着自己的思路继续说。

"你为什么不早说？早说，我跟你妹妹当时没什么很深的感情，分了就分了。你现在说，我和你妹妹该怎么办？想到你是她的姐姐，我是什么滋味，你想过吗？看到她，想到你，我这是在跟谁谈恋爱？我爱的是她，还是你，我自己都错乱了。"他心里有气，毫无理由地指责她。

"开始时我也不知道啊。我只知道她谈了个大学教师。我爸妈说要见你，问你的具体情况，我妹妹才说出你的名字。我听了，当时就傻了。问了你的名字是哪三个字，我就确信是你。"她为自己喊冤。"你们俩一见钟情，真心相爱，我就是早知道，也不能拆散你们。"她果断地说。

"你爸妈知道吗？"他问。"他们不知道。你放心好了，只要你不说漏嘴就没事。比如我爸妈问你的经历，你说得虚一点。"她经过思考后说。

"你在来的路上就考虑这个？就想好了这个点子？"他问，"怎么个虚法？叫我撒谎？""你可能不要提那么多问题？"她说。"我不是叫你撒谎，我是叫你说得含糊些。比如我爸妈问你是哪里人，你就说是哪个县人，不要说是哪个乡镇的人；问你考研之前的工作，你就说在你们县城工作，不要说在哪个具体的中学教书。"她又说。

"你爸是知识分子，他问我求学经历，不就露馅了？还不如就说实话，听天由命。说谎，我不会。"他说。"又没有叫你在求学经历方面说谎。你就说是咱们师范学校毕业的，你说毕业时间时提前一年，反正你比我大一岁，我爸妈不会多想的。只要我们不同届，我爸妈是不会起疑心的。他们想不到天下还有这么巧的事。"她想了想说。

"你爸妈看毕业照，我是说班里的集体照，看不出来？我跟毕业时差别不大。"他不想欺骗她父母，就找理由。"我把毕业照藏起来了。你担心的方方面面都不存在了，你照着我说的做就是了。有我随机应变，你别怕，别慌慌张张就行。"她说。

"那我进你家门，怎么称呼你？"他问了这个难以说出口的问题。"当然叫我姐。我以后就叫你名字。你是我妹夫，这么叫你公平。"她想都没想，就说。说完，她就走了。

他要送送她，她拒绝了，丢下了最后一句话："我不欠你的，你也不欠我的。"

他在她的身后跟着她，跟到学校门口，看着她走出校门他才往回走。她走出校门时回头张望了一下，这个举动刺痛了他的心。

在学校的操场上，他走了无数圈，把自己走得晕头转向。他想不明白，爱情为什么要折磨他。失去的和得到的都是爱情？他问天上的月亮和星星，看见最明亮的那颗星突然暗淡了下来。

六十三

调到毛巾厂一个月左右，过年了。年三十晚上，在厂里特批给她的一室一厅的房子里，她一个人吃年夜饭。

虽然是一个人吃年夜饭，她还是做了四个菜。除了红烧肉、清蒸鲫鱼和青菜豆腐，她还特意炸了一盘山芋圆子。圆子象征团团圆圆，她想起了去世好几年的父亲，想起了跟着大哥生活的母亲，想起了他，也想起了请他吃饭时的四个菜，山芋圆子替换了青椒炒茄子。鲫鱼不大，烧了两条，她吃了一条，留下了一条。"年年有余"，她想到了这个寓意。

收拾碗筷的时候，她听见了敲门声。由于声音很轻微，她一开始以为是风声。再次听到时，她确定确实是敲门声，不禁慌了。因为刚来这个厂不久，还没有认识几个人，认识的几个人中也没有人知道她的住处。

壮着胆子，她问了一声"谁"，门外的人说"是我"，她赶紧放下碗筷，解了围裙，走过去开门。

门一开，她对着前夫说："你怎么来了？大过年的不在家里陪爸妈，往外跑。"她还叫前夫的父母"爸妈。"

前夫进了门，说："过年了，忍不住想你了。想你了，就问哥们，哥们就带我到你楼下了。别看我哥们都跟我一样是看大门的，哪家哪户都一清二楚。"前夫很骄傲。

"你出来，爸妈知道吗？"她问。"我是偷跑出来的。"前夫说。

她的泪水在眼眶里打转，说："你坐下，我给你倒杯水。我这里没有牛奶。"前夫说他喝过牛奶了，不喝水，就想看看她。她坐在前夫的对面，说："我有什么好看的。爸妈以后再给你找个好姑娘，你以后好好看她就是了，不要再来看我了。"我们不是一家人了这句话，她说不出口。

前夫说："又找了一个，人家说我傻，我听到了。我说我傻，还有人比我更傻，人家就笑了，走了，不来了。我妈当场就哭了，哭得我也难受死了。"她的泪水没憋住，一下子就流了出来。

"爸妈都好吗？"她明知问不出所以然，还是问了。她感激他们，又觉得亏欠他们。"他们都天天吃饭，天天上班，天天看电视。"前夫说。"你吃饭时经常坐的位子，还空在那儿，我爸妈不准我坐。"前夫又凑到她眼前说。

"你回家吧，别让爸妈到处找你。"她背过身擦干眼泪说。"你跟我一起回家吧。我不找其他姑娘了，就找你。我爸妈说你最好。"前夫说。

"你不回，我就不回。我们一起回。爸妈找我，也找你。"前夫又说。"你再不回，我就生气了。生气了，就再也不睬你了。"她用双手蒙住满脸泪水说。

这句话很灵验。前夫于是站起身，从口袋里掏出一块冻肉放到桌子上说："过年要吃肉。我从家里冰箱里拿的，不是偷的。"说完之后，不打招呼就开门走了。

她不忍心前夫一个人走回家，就下了楼，远远地看着前夫走。在前夫走到自行车厂家属区门口时，她喊住了前夫。前夫说："你在我后面，我看不到你。我回头就好了。"

她叫前夫以后不要一个人乱跑。前夫说："我听姐的，不乱跑。我沿着路边跑，汽车不敢来，安全。"听到前夫叫她"姐"，她说："你比我大，是我哥，叫我妹妹。"

前夫说："我不想当哥哥。当哥哥要照顾妹妹，我照顾不好。我爸妈也叫我以后见到你，就叫你姐。"她哽咽半天，说："你就当弟弟吧。弟弟要听姐姐的话。"前夫高兴得叫了她一声"姐。"

她用手绢把前夫的鼻涕擦干净，挥挥手叫前夫进家属区的门，前夫立即像个很听话的小弟弟，连蹦带跳地进去了，嘴里还哼着只有他自己才能听懂的欢快的歌。

回到家里，她看着前夫送给她的肉，号啕大哭。

六十四

女朋友的父母对他很满意，接下来就是催他结婚。他磨磨蹭蹭，嘴上说不急，说趁着年轻多做点学问，心里是希望女同学能抓紧谈恋爱，最好能在他前面结婚。"等大姐有了男朋友，场面上也好看些。"他对女朋友说。女朋友就说他善良心细。

结婚可以等等再说，女朋友却已经在花心思布置他的宿舍，把他的宿舍布置成婚房。凭着一双巧手，她让他的宿舍旧貌换新颜。由于糊了天棚，四面墙都贴了墙纸，连门上也贴了墙纸，在室内是看不出这是一栋破旧的筒子楼里的房间。

为了贴墙纸，女朋友从墙上取下"潘虹"，虽然很小心，还是弄坏了一个角。他以为女朋友是故意的，借此要把"潘虹"扔了，挂上她和他的合照。墙纸贴好后，女朋友要把"潘虹"贴在原来的地方，他又觉得自己太敏感多疑了，错怪女朋友了。

"为什么不把它扔了？"他问。"我喜欢潘虹，你是知道的。"她说，"你也是喜欢的。扔了，我心疼，你也心疼。"

"都破了。"他言不由衷地说。"在我心中是完美的，我看不出破了。"她说。"破了，说明有故事。"她又故意逗他。

"还是扔了吧,你家里也有一张'潘虹',以后带过来贴上。"他避开她的玩笑,不想被深挖"故事。""家里有'潘虹',这里也有'潘虹',不是更好吗?回家、在这里都能看到。"她说出不扔的原因。"家里的'潘虹'本来就是我姐的,还给她。给她一个小惊喜。"她又增加了一条不扔的理由。

她讲到她姐姐,他无话可说了,又觉得不说话不好,就说:"好吧,听你的。你总是对的。"她一本正经起来,说:"当然啦。女人在家庭方面不会错。不过,有时会有小失误。你不生气,我也主动改。"

"你都说不会错了,哪会有失误,有失误,我也看不出来。"他说。"看出来也不说。"她接着他的话,做了补充,又把'潘虹'递给他。

他双手接过"潘虹",在记忆中寻找原来的贴"潘虹"的地方,生怕出一点差错。他不想改变"潘虹"的位置。一瞬间,想到了在农中时的"她"。不想改变"潘虹"的位置,想到了在农中时的"她",他的手不受控制地抖了起来。

她看到了,就说:"还是我来贴吧。看你紧张的。刚才还说要把'潘虹'扔了,这会儿又紧张得不得了,口是心非。"他装作轻松,说:"你在旁边,我想不紧张都不可能。有美女在侧,岂有不动心的道理,除非是

'色盲。'"

"耍贫嘴你是一流的。紧张和动心不一样，你是故意模糊概念、混淆概念。我不问你的过去，别紧张。"她说。"你的故事最多是暗恋过谁谁谁。你看你想跟我拉个手都是见了十几面以后的事，还羞羞答答，还是在晚上，还是在四周无人的大操场。"她笑他的单纯和羞涩。

"做坏事不都在晚上，在没有人的时候？"他被她的话感染了。"恋人拉手不是最正常不过的了？拉个手就是做坏事，天下没几个好人了。我的手要不迎上去，你拉手都没拉成。我当时就应该装矜持。"她笑倒在床上，把手上的"潘虹"弄皱了。

"不说了，不说了。贴'潘虹'。"她从床上起来，把"潘虹"贴了上去。他上下左右看了看，觉得她贴的就是原来的地方，毫厘不差，就表扬她说："也不比画一下，就直接贴上去，贴得还恰到好处，正正好。"

"取下来的时候就想着要贴上去，所以大致的位置我记得。"她说。此刻，他觉得她聪明伶俐，又善解人意，是自己撞大运了，遇上了她。

为了给她惊喜，他的手猛地抓住她的手，说："这回我主动大胆不害羞了吧。"她被吓了，挣脱他的手说："别把我吓了。吻都吻过了，拉手就不算什么了吧？"

他刺激她说："那就做没有做过的事。"她娇嗔道："你敢。这会儿又想耍流氓了。你这书生形象都是装的。"

他说："我又没说现在就做。要做也得先拉窗帘吧。"
她说："别想着拉窗帘了。这窗帘的颜色，买来我就不是
十分中意。要不咱换个颜色，换个淡雅一点的，有诗意
一点的？"

六十五

领了结婚证之后，他回了一趟农中。他要把这个好
消息告诉校长。他没有带她一起来，是不想让她了解自
己的过去，节外生枝。

校长的门是锁着的。等了一会儿，还不见校长回来，
他摸到了肖明家。原来是打算先见校长，后见肖明的，
现在颠倒过来了。

肖明见到他，惊喜中落了泪。四年左右没见，感觉
有好多话要说，又不知道从何说起，两个人都不约而同
地从对方的外表说起。肖明说他看上去更年轻了，更自
信了，一看就混得好。他不谦虚一下，说肖明比以前成
熟了，也壮了些。肖明自嘲道："发福了。"又解释道，
"不上进，整天没什么事干，不长胖才怪呢。"他适时地
说："是嫂子伺候的好。"肖明干笑了一声，没接话，问
他现在在哪里工作，他说留校了。肖明又问他这个时候

过来是不是有什么特别的事。他说没有什么事，就是想
过来看看，想念这个地方了。

肖明感慨道："你走了，这个破学校对你来说就像是
个圣地；对于没走的人来说，这个破学校就是个牢笼。"
他认可肖明的说法："可以这么说。"

"有女朋友了，还是已经结婚了？"肖明问他。他说：
"刚结婚。刚结婚我就想着过来跟老兄你汇报。"虽然没
有举行结婚仪式，他还是骗了肖明。"你爱人是城里人，
还是像你这样从农村考上的？"肖明又问。"可以说是城
里人。"他说。"这有什么区别吗？"他又不解地问。

"你娶一个像你一样进了城的农村人，你只不过是在
城里的床上睡了一个像你一样进了城的农村女人，跟我
睡我老婆没什么两样。如果硬说有什么不一样的话，就
是你在城里睡农村人，我在农村睡农村人。时间、地点、
人物，做爱三要素，就仅仅是地点不一样。你娶的是城
里人，性质就不一样了。"肖明说，"城里人又怎么样，
还不是睡在我们农村人下面。老弟，你给咱农村人争光
了。"说这话时，肖明的眼睛放了光。他觉得肖明的话太
粗鲁，甚至有些无耻，又不好反驳，就说："老兄还是那
么幽默。""心地善良，能在一块过日子最最重要。"他
又说。

"对对对，心地善良是首要的。"肖明随声附和道。
接着，肖明说出了自己的憋屈，说自己看上了裘师傅的

干女儿，想占个便宜，哪料到这个女人不简单，把写给她的小纸条传给了刘校长的女儿，于是，刘校长的女儿晚上就主动送上门了，讹上他了，还保留着那个小纸条作为证据。

"这两个女人都不是善茬。我就这样栽了。"肖明对裘师傅的干女儿和自己的妻子做了总结，没有说自己干的丑事有多么不道德。

他因为想见校长，就没有安慰肖明。不等肖明再说话，他问肖明："校长还住在老地方？你陪我一起去看看他老人家。"肖明不知道他是在套自己的话，说："还住在最西边那屋。不过，他周末都住在镇上，不住这里了，你去了门也锁着在。"

"校长在镇上有房子？你告诉我地址，我过一会去镇上看他。"他吃惊地说。"是他妻子的表妹的房子。他妻子的表妹离了，他俩就正式在一起了。"肖明说。"你还是不要去吧，去了尴尬。裘师傅插一脚的事，校长很忌讳。所以校长再婚，没有跟任何人说，我们都是后来听说的。他也从不带他这个妻子来学校。"肖明又说。"好吧。听老兄的。"他说。

"要来看校长，就不要选择周末。"肖明说，"校长这个人重情义，担责任。换作别人是不会娶这个女人的。"他说："是的。我都没有想到是这个结局。其实，这个结局也不错，校长有人照顾了。"

正跟肖明闲聊着，肖明的爱人抱着孩子回来了，见到他，有些不好意思，让孩子叫他"叔叔。"

"多大了？"他问。肖明爱人说："两周多。"

"以后考大学，考叔叔的学校，跟叔叔读研究生，做个优秀的男子汉，不要像爸爸这样没出息。"肖明对孩子说。他感觉肖明又像是说给他听的，就说："孩子将来会比我们更有出息。他长大了，需要我帮忙的，随时可以去找我。"肖明和爱人都感激地看着他。

六十六

女同学知道他的心思，很快找了个男朋友，毛巾厂行政科副科长，三个月后就结婚了。结婚那天，他没有去。他说感冒了。

两个月后，他结婚，她参加了婚礼。她找不到不参加的理由。如果也说感冒了，她爱人就起疑心了。在他和她妹妹交换戒指的环节，她偷偷地溜了出来。她爱人毕竟是干行政出身，也跟着她出来了。她说里面太吵了、太闷了，她爱人就说她是忙妹妹的婚事累的，心里却多想了。

婚后的第一年，他在岳父家过年，他连襟也在岳父家过年。吃年饭的时候，他向连襟敬酒，举了举杯子就像是开要喝，连襟要玩笑似的他叫一声"哥"再喝，他很不情愿地叫了一声"姐夫"。这声"姐夫"叫出了他对连襟的不满，也让连襟感到自己是个外人，他学乖了，硬着头皮叫了一声"姐"。这一声"姐"，让连襟更觉得自己是个外人。

心中不快，连襟想着法子找他喝，嘴里还说："读书，我没有你多；喝酒，我比你强。"他装孬，想躲过去。"我喝两杯，你喝一杯，怎样？哥照顾你吧？"连襟又说。"用小酒杯喝不过瘾，用茶杯，怎样？你一杯，我一杯，不要你多喝。我醉了，我认输。"他被激怒了，用的却是开玩笑的口气。岳父说："吃年饭不拼酒，喝酒喝的是喜庆的气氛。你俩要比个高下，等下次。"两姐妹齐声道："不喝了，吃饭。吃完年饭看春晚。"

吃饭时连襟看着一盘腊肉对他说："敢吃肥肉？"他说："敢。就爱吃肉。"连襟说："一人一块，比一下？"他说："我俩分了吧，一人半盘。"岳母阻止道："肉吃多了对身体不好。你俩第一次聚到一起就是喝酒吃肉的，以后多聚聚。"

连襟酒喝得差不多了，心是明白的，就用玩笑的方式化解"危机"说："酒肉朋友，我们是酒肉朋友，不喝酒不吃肉不热闹。"他也凑了一句："我是酒囊饭袋。我喝酒、吃肉，还吃饭。"岳父把握住局面说："酒足饭饱各回各家，回自己的小家看春晚。"

回到家里，他气愤不过，说："你那姐夫比我还小月份，敬个酒还规矩多。当官当习惯了，家庭聚会还托大。"她忍着气说："什么你那姐夫？我姐夫不是你姐夫？他比你小，我姐比我大。叫一声姐夫委屈你了？"

他嘴硬，说："家庭聚会，哪有那么多礼节？我敬爸酒，要站起来敬，爸还叫我坐下，说家里人没那么多讲究。"她像教育自己的学生一样，耐心地说："不一样的。老岳父把女儿嫁给了你，对你多亲。你跟姐夫啥关系，有那么亲吗？亲疏有别，你跟我爸太客气了，我爸反而不安，觉得你可能对我不好。你跟姐夫不客气，他会觉得你不尊重他。这点道理不懂吗？我的大知识分子。"

他调皮起来，说："老婆说得对。下次我注意就是了。每次见面，喊够一百次'姐夫'。"她纠正他，说："喊'哥'吧。姐夫今晚生气，跟你拼酒、吃肉，跟你较劲，是你喊他'姐夫'，显得你们生分了。"

"好，喊'哥'。谁叫我这'哥'小心眼呢。"他没好气地说。"你跟我说实话，如果不是爸拦一下，你真要跟他拼酒吗？"她说。

"当然要。不把他喝趴下，他要骄傲一辈子。"他说。"你不是他的对手，喝趴下的人是你。听姐说，他是一瓶不醉，两瓶不倒的。喝不过，认个输，不丢人，都是家里人。"她说。她想吓唬吓唬他，也想劝住他。

"我趴下了是肯定的，但是，我趴下就是为了把他干趴下。这是我的性格。谁要跟我搞，我跟他死搞。"他吐出真言。"不要酒疯了。都是家里人，要以这样的方式争个输赢，你考虑过爸妈的感受吗？考虑过我跟我姐的感受吗？"她说，"我看你平时情商很高，有理都让三分，没想到你骨子里还有股匪气。"她觉得有点不理解他了。

他没声音了，睡着了。

六十七

大家庭第一次聚会就不和谐，岳父岳母看出其中的苗头，平日里叫女儿女婿回家团聚尽量分开叫。过年过节，有的时候大女儿会到公公婆婆那边去，好像也是有意为之。大家都聚在一起的日子，一年到头也就两三次。喝酒都礼貌谦让，很有分寸感，搞得像社交场合。

姐妹俩想对方了，就借故回娘家，在父母身边聚聚。"他俩是不是有矛盾？"有一次，母亲说起两个女婿，说了姐妹俩都不爱听的话。"不要多想。我看没有矛盾。职业不同，做事的风格不同，难免有碰撞，时间长了，相互了解了，就好了。我看他俩从第一次聚在一起的争输赢到现在的礼貌谦让，就是进步。"父亲说。"在社会上多摔几个跟头，就合得来了。"父亲想了又想，又说。姐妹俩觉得父亲说得对，就安心了。

"姐夫有爸保驾护航，升科长了，几年后就是副厂长厂长了。摔跟头的只能是我家那位。爸手伸得再长也伸不到高校，评职称全靠自己的本事。"她在父亲面前撒娇。

"你姐夫升科长跟我没关系，是他自己努力的结果，是靠他自己的本事。我一个小小的市政府办公室主任就是正处级别，我能有多大能耐？"父亲觉得她说话不过脑子，不考虑姐姐的感受，既委婉批评她，又替自己叫屈。

"我倒不希望他当官，希望他在学校当个教师，过清闲自在的日子。当官越大，在家的时间越少，在家也是醉醺醺的时候多，还不如不回家，省得我看着烦。"姐姐说了自己的烦恼。

她听了觉得刺耳，父母听了面面相觑。一家人陷入沉默。

"当官也有当官的好处，我们家刚分了套三居室的房子。新房，三楼，靠东。"姐姐发现自己说错了话，连忙补救。

"金三银四，好楼层；三室一厅，是豪宅。那要好好庆贺一番。我们家还住在筒子楼，增加了一间，还是我家那位抢的。"她很懂姐姐，也调转话题。"搬新家的时候大家都去，都去热闹热闹。"母亲跟着说。

"高校分房子靠抢？"父亲问。"一言难尽。单间靠抢，套房要分。谁抢到就是谁的。你女婿不吃亏，你别担心。"她说。

"我不担心。我担心这种风气不好，搞坏了高校的环境。"父亲说。"爸，你真正担心的是你女婿不学无术吧？他今年评副教授，明年打算在职读博。他抢房没耽误学习，心还在学问上。凭爸的眼力是不会看错他的。"她说。心里护着他。

"高校是搞科研的地方。花心思在学问上，算是合格的教师，不值得表扬。居安思危，读博，有远见。我没看错他。"父亲听说女婿要读博，不由得夸奖几句。"咱们家要出博士了，要提前庆贺。"姐姐说。

"八字还没一撇，等有了一撇，我来请。他这个人自尊心极强，事没成之前，不愿说。我是看他这段时间看英语，每天看十几个小时，问他，他才说的。你们见到他，不要提读博的事。不然，他回家跟我急。"她说。

"光看英语，其他书不看了？考博士只考英语？"父亲说出了自己的担忧。"他就英语差，专业课超级棒。他说专业课不要看，都可以考满分。他对专业课向来是很自信的。"她说。

"自尊心太强，学习时间过长，累，伤身体。他一用功就咳嗽，咳个不停，叫他悠着点。"姐姐说。"每次大家聚会，他都咳嗽。"姐姐意识到说漏了嘴，自己给自己打圆场。

"多谢姐。回去我就限制他看书写作的时间，十一点钟必须休息。我就说这是姐下的命令。"她说。心里酸了，觉得还不如姐姐关心他。

六十八

一晃十几年过去了，他读了博，评了教授，自己也成了博导，当年的中文系也改成了文学院。如果愿意的话，他应该也当上院长了。连襟几年前当上了副厂长，在工厂改制后又成了副总经理。再过几年就是总经理了，家里人都这么认为。

年轻时的一些事也慢慢淡了。他和姐夫早已称兄道弟，不喝酒也有说不完的话。他和女同学单独相处也不觉得别扭。各自家里的事，各自的孩子，都是聊不完的话题。可是，这一切都因为连襟的下岗而发生了改变。

毛巾厂，也就是后来的纺织品公司被兼并之前，连襟有机会调到师范学校当保卫科科长。岳父虽然退休好几年了，关系还是有的。因为从副处降到正科，连襟觉得很没面子，不同意。等到终于想通了，毛巾厂人事关系冻结，再怎么努力都迟了。

在无休止的争吵中，连襟净身出户，去了广州。

临行之际，连襟约他见一面，就在他家附近的咖啡馆。"这地方安静。我现在最需要的就是安静。"连襟说。几杯红酒下肚，连襟说出了见他一面的意图，叫他有空就去看看自己的前妻和孩子。"男孩子容易学痞，你有空没空带他出来玩玩，给他讲点做人的道理。他妈管得过严，一天到晚就叫他学习，很容易造成逆反心理。"连襟跟他说。他叫连襟放心，说会像对待自己儿子一样对待他的儿子，会加强心理教育。他没有说他会提醒大姐，要注意孩子多方面的发展，不能只盯着学习。

"你们是同学，不要瞒我。我其实早就看出来了。你们不愿意承认是同学，有你们的想法，我不想知道。十几年相处下来，我看出来了，你是个君子。以前对你有戒备心理，我向你道歉。"连襟说到他和前妻，说了心里话。碰了一下他的杯子，把酒杯里的红酒一饮而尽。

"我走了，你们不时去看看她。她是个要强的人。她的要强是骨子里的，外表上根本看不出来。要强的人都脆弱，经不住打击和挫折。你比我可能更了解她的性格，你们十几岁就认识，又同学四年。"见他不说话，连襟又说。

"哥，你放心，姐和孩子有我和她妹照顾。你在外面打拼，再忙也要常抽空回来看看，不要跟姐生闷气。你跟姐永远是亲人。"他说，"也永远是一家人。"

"你还记得我们在爸妈家第一次吃年饭时的情景吗？我让你叫我'哥'，你硬是叫我'姐夫'，叫得我心里不痛快。都是一家人，你叫我名字我都不在乎。关键是，你叫我名字，你就会叫你姐名字，这是我在乎的。你叫我哥，你就得叫你姐'姐'。你叫你姐一声'姐'，这关系就不一样了。从此以后，在大家庭里，你们就是姐姐和妹夫的关系了，你们就不是同学的关系了。这是我需要的。用现在的话来说，叫安全感。我就是要个安全感。"连襟不接他的话，按照自己的想法继续说。"哥是个计较的人吗？哥那天晚上不是跟你计较，是心里有气。你跟哥赌气，你就是错怪了哥。"连襟又说。

"哥，你厉害。心里埋藏着这么大的秘密，埋了十几年。你早跟我说，我们会多见多少次面，多喝多少次酒。"他说，"爸妈为此小心谨慎好几年，直到看我俩真好上了，真像兄弟一样，才放下心。"

"人不到一定的年龄，不经历一些事，不在一定的环境下，有些话是不会说的。说破了，说早了，有时不是好事。"连襟说完，把酒瓶里的酒都倒到自己的酒杯，然后一干而尽，示意他也干了。

"等你姐气消了，你跟她说，我会回来的，我是爱她的。"连襟看着他把酒杯里的酒喝完，对他说。他郑重地点点头，说："姐对你也是有感情的，也是不会变的。我叫她妹跟她说，更合适。"

"你说，你亲自说。"连襟坚持道。他说："好的。我们随时联系，我说了之后，会把姐的意思第一时间反馈给你。"

"我还有一件事要拜托你。我父母，你见过的，他们年纪大了，如果有急事找你，你帮一下。我把你的手机号给他们了。他们只知道我出远门工作，不知道我离婚了，你不要说。"连襟强忍着泪水说。"哥，我都记下了，一定照办。"他没有忍住，哭着回答道。

见连襟站起来要走，他问连襟："非走不可吗？""走，是为了回来。你姐在气头上，我先出去闯几年也好。"连襟红着眼睛郑重地说。

送连襟上了公交车，他硬塞给连襟一万块钱。

六十九

送走连襟，他在小区里漫无目的地转悠了半个小时。等心情平复了，回了家。

"喝酒了？"她闻到他身上的酒味说。"喝了。"他面无表情地说。

"送姐夫？"她敏感地问。"是的。"他说，"你也太敏感了。"

"你平时不喝红酒。今天喝红酒，我猜应该是送姐夫。"她跟他解释。"以后干啥事我都早汇报，省得你又猜又问。"他有感于她的敏感说。

"你主动的？"她又问。"互相的。他想在临走前见见我，我想在他临走前见见他。下一次见面不知道什么时候了。"他说。

"好好的一个厂一个公司，说倒就倒了。"她说。"市场竞争，大浪淘沙，经营不善就被淘汰，正常。"他说。"大道理我都懂。不涉及你我，没有切身体会，说得轻松。人到中年，饭碗没了，哪里找。"她说。"姐夫当过副厂长、副总经理，有知识，有经验，干技术、搞管理都在行，在广州又有熟人，找工作不难。不要替他担心。"他说。

"他在广州有熟人？什么熟人？他跟你说的？"她说。"是的。是同学。他亲口说的。"他说。这是他有意撒的谎。他想通过她把这话传给爸妈和姐，好让他们放心。

"那我跟姐说一声。姐跟姐夫离了，就是置气。姐就是埋怨他爱面子，不听爸的话，不去当保卫科长。"她语气中有了希望，语速也快了。"过去的事，不提了。他们能和好，是缘分；不能和好，是缘分不够。"他不想在她面前，为连襟动感情。

看到他的泪痕，她说："你哭过？""姐夫叫我们多照顾姐和孩子，还托我照顾他父母。想不哭，忍不住泪水。"他说。

"你跟姐夫有过不愉快，但感情还是很深的。"她说。"都是男人。看姐夫落难，想到男人的不易，自然而然就流了泪。"他说。

"爸妈心里不好受。以后叫上姐，多回去看看他们。"她说。她想到了父母的伤心。"我们一家去就可以了，暂时不要叫上姐了。看到姐，爸妈想到姐夫，心里更不好受。等过一阵子，我们和姐再一起回去。"他劝她。

"你心细，想得周到。"她夸他。"人之常情。"他淡淡地说。

"我给了姐夫一万块钱，硬塞给他的。事先没跟你商量，你不要生气。"想到钱，他又说，"救急，应该的。家里就你细心。"她说。"现在最能帮姐夫的就是钱了。"

"毛巾厂垮了，自行车厂会不会也会垮掉？"她见他没有再说话，终于找到机会说出了憋在心里很久的话。自从姐夫下岗，她就成了惊弓之鸟。"这不是我们能够左右的。你一个教师，教书又好，到哪里都能找口饭吃，不要怕。"他安慰她。其实心里也一边想着她万一下岗，该怎么办。

"工厂垮了，下岗了，编制没有了。再就业，就只能去私立学校了。"她的头靠在他的胸前，下意识地想找到依靠。"不要怕。有我呢。真要垮了，我跟我们学校的领导讲讲看，把你调到附中。搞不定，我就调走，不想离开这个城市，就去一个差一点的学校。"他说出了自己的计划。

"亏你学问做得好，有人要，抢着要。"她心里的担子放下了，在他的胸前画了一个钩。"年轻时苦点，把学问做出来，有了资本就有了退路。"他抓住她的手说，想给她力量。

"怪不得有的教师出去挣钱，你不去。是为自己铺路啊。"她挣脱他的手，感激地抱了抱他。"男人再穷，也要养家；女人有钱，锦上添花。一家人的担子都压在我身上，我当然要有长远规划应急准备。"他拍了拍她的后背说。"我做学问，是真的喜欢，从来没有想过这是在给自己铺路。如果说这是在给自己铺路，也是无意的，碰巧了。"他又说。

她抱着他，抱得更紧了。他也抱紧了她。

七十

他不知道农中的"她"早就从自行车厂调到了毛巾厂。想着万一自行车厂倒闭了，她该怎么办，他失眠了。要是知道她后来去了毛巾厂，他就不仅仅是失眠了。

事实上，他对她的担心是多余的。她在不幸中得到了前夫家的帮助。

得知毛巾厂要垮的风声，她惊慌失措。因为离婚这么多年，她没有再嫁，在城里也没有一个亲人；在农村，自从养育她的母亲去世后，她也没了亲人。惊慌失措之中，她想给自己找个后路，想到了摆小摊，卖饺子。她做饺子是一把好手，小时候跟母亲学的。

工厂半死不活，白天还是要去混时间的，她就晚上出摊，想先练练手，看看靠这个能不能养活自己。让她怎么也想不到的是，才出摊三天，她以前的婆婆就出现了。

"为明说你在卖饺子，我还不信。"婆婆气喘吁吁地说，"不要摆了，把摊子收拾收拾跟我走。"

"去哪里？"她问。"去，去家里。"婆婆愣了一下，指了指毛巾厂的方向，很费劲地说。

到了家里，她叫了一声"妈"就扑了上去，把头埋在婆婆的怀里委屈地哭了。婆婆说："有我和你爸在，不要怕。"她哭得更凶了。等她情绪稳定了，婆婆说明来意，说来找她，是要帮她调回自行车厂。

婆婆说："我跟你爸都退下来了，没权了，有一点点人脉也都在自行车厂了。党政机关、事业单位你去不了，回自行车厂，我们还能使上点劲。""你是从自行车厂出去的，现在调回来也算说得过去。企业之间调动，手续没那么复杂，阻力也不是很大。"婆婆怕她不信，又说。

弄明婆婆的来意，她说她就一个人，再怎么困难都能挺过去。"农村出来打工的人多的是，我原本就是农村人，好歹在城里还有个窝，比他们强。对付到退休，我就有养老金了，能活。"她平静下来之后说。离婚多年了，跟前夫家早就没关系了，这个时候又要依靠前夫家，感情上她接受不了。

没料到她个性这么强，婆婆理了理她的头发说："不要倔，听妈的话，回自行车厂。自行车厂能挺多久，不好说，走一步是一步。"

"厂里想走的人多，有路子的人都在找人。我也想走，做梦都想走，可是，我不能事事都依靠爸妈。我做个小生意，干啥都能活。您和爸的心意我领了，不要为我操心。"她咬咬牙说。

"我们有能力帮你，不帮你帮谁？为明懂事多了，看到你卖饺子都知道要帮你，叫我来找你。"婆婆说，"这也是为明的一份心意。不要跟我倔了。"

她又委屈地哭了，紧抱着婆婆的手臂不放手。

婆婆握住她的手腕说："不哭了。天下哪有父母不管自己女儿的。"

一周左右，她调回了自行车厂。厂办是不能回了，婆婆叫她去子弟学校教书。"你以前当过教师，去教书吧。工作不轻松，总比当一线工人强。"婆婆说。

叫她去当教师，事实上是公公的主意。公公在企业当官几十年，反应特别灵敏。自行车厂能撑多久，他不知道，但是，他知道自行车厂如果不改制，不做伤筋动骨的改革，垮掉是迟早的事。他注意到有的工厂垮了，子弟学校就会被教育局接收，划归教育局管，成了事业单位，教师也就由企业编转为事业编。公公动用了最后的一点人脉帮她，为她做了长远的打算。如果再在自行车厂下岗，公公就帮不上忙了。

果不其然，两年后，自行车厂因为自身经营不善倒下了，她很幸运地躲过一劫。

"幸亏婆婆叫我去了子弟学校。"她在心里无数次的感谢公公婆婆对她的关照。"在这个世界上只有公公婆婆爱我了。"她想到这就想哭。

"为明也是爱我的。"想到前夫，她的泪水湿透了枕巾。如果为明智力正常，多好啊。她觉得老天对公公婆婆一家太不公平。

　　在最困难的时候，她没有想到过"他"，没有幻想他会突然出现，拯救她于危难之中。在她的心灵深处，有他的位置，也仅限于此。"他属于别人的，没有责任和义务来救我。"她对自己说，"他或许早已忘了我，共同经历的岁月只不过是青春时的一场梦。"

<h2 style="text-align:center">七十一</h2>

　　在学校，她和他的爱人成了同事，而且教同一个班。她不知道眼前的同事就是他的爱人，他的爱人也不知道她和自己的爱人曾经有过可以说是爱情的感情，并且那么刻骨铭心。

　　他的爱人只知道她曾是老厂长的儿媳妇，后来离了，调到了毛巾厂，现在又调回来了。至于她是怎么调回来的，他的爱人不清楚。没有通天的本领是回不来的，这一点，他的爱人是清楚的。

　　她只知道眼前的同事的爱人是她上夜大的那所大学的教师，至于其爱人是教什么的她不知道，更没有想到其爱人竟然是他。

　　相处时间长了，年龄又相仿，她们成了朋友。他的爱人问她为什么不再婚，她说离婚之后就没有想过。他的爱人说："以前就不说了，你现在才四十多岁，再找一个还不迟。"她不想触及这个话题，说："以前没有想过，现在就更不想了。一个人过，习惯了。"

"你比我大三岁，看上去比我要年轻十岁以上，就像三十刚出头的样子。找一个合适的不困难。"他的爱人鼓励她。"再不再婚跟年龄没有关系，跟心里面怎么想的有关系。看起来年轻，也掩盖不了衰老。老了，心更老了，更不想折腾了。"她像是在说别人，云淡风轻。

"找个人，回家有个人说说话也好。"他的爱人说。把劝她再婚的理由下降到了最低点。"如果是不喜欢的，就不想说话，心里面更孤单。"她说。说这话的时候，她想到了前夫。她跟前夫在一起时几乎没有交流，晚上睡在一张床上，她也是背过身去，一个人想自己的心事。说这话的时候，她也想到了他。就是一瞬间想到了，没有任何假设和想法。

"你是不是有一个标准，按照这个标准，一般人达不到要求？"他的爱人说。"没有过标准，任何标准在感情面前都不堪一击。"她说。

她说得很有哲理。他的爱人觉得她心中一定有一个结，只有打开这个结，她才能走出来，就说："没有标准，也是标准。看似没有标准，实则有标准，而且标准很高，也有这种情况，这个标准如果是具体的呢。比如具体为某一类人或者某一个人，其他任何优秀的人就都无法替代。这就会妨碍新的感情。"

她很诧异地看着他的爱人说:"你婚姻美满,家庭幸福,一天到晚乐悠悠的。这么深刻的话从你嘴里说出来,我都不敢相信。你口口声声说你跟你爱人都是初恋,哪里来的这个感悟。"

他的爱人说:"我没有这方面的经历,不妨碍我思考。我是想出来的。我想象力丰富,我爱人说我不写诗都可惜了。"

她说:"只有小姑娘才一天到晚靠想象面对感情。你就是个小姑娘,长不大。这都是你爱人宠出来的。幸福的女人都单纯,都喜欢幻想。"

他的爱人又把话题拉回到她的身上说:"如果你有再找一个的打算,告诉我,我叫我爱人给你物色一个大学教师。大学教师不会差,差也差不到哪去。""大学教师什么都好,就有一点不好,就是有点倔脾气。他们常年跟书打交道,跟书较劲,书也不会反抗,随他们怎么折腾,养成了他们这种倔脾气。"他的爱人又抱怨,抱怨中透露出骄傲。

她听出了他爱人话语中的骄傲,笑:"看把你骄傲的。恨不得告诉天下所有的人,你是最幸福的。""我这辈子是没有福气找一个大学教师了。就一个人过挺好的。在家里不要说不想说的话,不要面对不想面对的人。不要劝我了。感到孤单,我就叫你陪我聊天。"她又平静地说。

"那好吧。不劝你了。我陪你聊天。"他的爱人带着可惜的口吻说。

七十二

日子就这么一天天地过着。又是十几年过去了，连襟在广州落地生根了，把年迈的父母也接了过去。这是他万万没有想到的。"心里不想着爱人、孩子吗？离了婚，也是爱人，曾经的爱人啊。"他觉得连襟心很硬。

他的女同学，也就是他的爱人的姐姐不感到惊讶，依旧上自己的班，过自己的日子。退休后，搬到了父母身边住，还住在结婚前的那间房子里，有时去儿子家看看，帮儿子儿媳妇搞搞卫生。

夜里，陪伴她的是墙上的"潘虹。"她把妹妹结婚前夕还给她的"潘虹"，从自己的家拿到了父母的家，拿到了自己的卧室，贴在了最初贴的地方。墙上的印迹还在。

有一次，他去岳父岳母家，岳父岳母出去散步了，家里只剩下她。记忆中，这是在她离婚后，他在岳父岳母家第一次单独面对她。他说到连襟，说连襟说话不算数，说要回来找她，竟然一去不复返。

她心里想着前夫，后悔当初冲动离了婚，嘴上说："我跟他分开了，彼此没有关系了，他做什么都跟我没有关系。对我而言，他也没有做错什么。离婚了，对儿子好，不纠缠前妻，能做到这些，也是一个不错的前夫，还算有点良心。"看得出，她是在袒护前夫，维护前夫的形象，他只好说："姐说得有道理，看得比我客观。"

"这里又没有别的人，就我们两个，叫我名字吧，不要拘谨了。我离了婚，你变得拘谨了，有时刻意躲着我。"她说。"叫'姐'叫了三十年左右，习惯了。现在叫名字，反而不习惯了。"他说。说的时候他和她都笑了，都想起了有一次同学聚会，他敬酒时习惯性地叫她"姐"，引得同学都跟着起哄，让他叫他们"哥""姐。"

"也是。还是叫'姐'吧。现在叫我名字，万一哪天大家庭聚会，叫错了，就完蛋了。"她说着，不禁又笑了起来。她可以平静地面对他，内心里不起一点点波澜，她觉得这就是亲人之间的感觉。

"我就该叫你'姐'，你就该是我'姐'。"看她看淡了，他说话也随意了。

"那你以后不要刻意躲着我，像欠我钱还不起一样。"

她说。"没有刻意，就是觉得有愧疚感吧，自然就在心理上有某种距离、隔阂。"他说实话，不想瞒她骗她。

"我离婚，又不是跟你离婚，你愧疚个啥？你还没有资格愧疚呢。作为妹夫，你有资格帮助我。"她说。"你也帮了我不少。"她又说。"看在你妹妹的份子上帮你的。不是你妹夫，我才不多管闲事呢，我还不如待在那里发发呆呢。"他试图开玩笑，淡化心里的愧疚。

"你在我父母和我妹面前对我很尊敬，表现得很得体，是发自内心的，还是装出来的？"她忽然问他。"当然是发自内心的。这是情分，也是礼节。"他说。"上学的时候你就知道，我不是那种会装的人。"他又说。

"不装就好。要不然，几十年装下去，太累了。"她说。"你对我妹好，对我父母也好，我父母跟我妹没看走眼。"她又说。她还想说我也没看走眼。终究没说。

"你为什么喜欢潘虹？"他有这个疑问很久了，今天终于有机会问她。"你为什么喜欢潘虹？"她反过来问他。

"因为你说过喜欢潘虹，我就喜欢潘虹了。"他笑着说，故意不说真话。"不对。你说我像潘虹，你才喜欢潘虹。你是贵人多忘事，忘了，忘得一干二净了。"她大笑。

"你呢？你还没有回答我的问题。"他止住笑，问她。"以前是因为思念，后来是因为自恋。"她毫不掩饰自己喜欢潘虹的原因。说完，他和她都沉默了，不看对方。

"都过去了，都过去了。以后不谈潘虹了。这旧账翻得好无聊。"她打破了沉默，率先恢复到了常态。"你我都喜欢潘虹，都有这幅'潘虹'，我妹还曾怀疑过我们俩呢。"她又笑了。

看她笑，他也笑了，舒心地笑了，像孩子一样。

他还想问，他写给她的信，她为什么没有收到；她写给他的信，到底寄到了哪里。没有问。问她为什么喜欢潘虹，就不该，再问她信的事，就太无聊了。过去的，已随风而逝。他想。

七十三

他的"姐"退休了，在自行车厂子弟学校工作的"她"也退休了。

她退休后，本想过着平淡的日子，用养花养草打发余下的岁月，但是，上苍留给她的时间太少了，不允许她这么做。

她又想起了他。今生，能够让他终生难忘永远挂念的只有他。

在网上搜到他的信息，知道他研究生毕业后留校了，距离自己的直线距离不过两千米，她心里激动，血压也迅速升高了。

她在网上搜他，是因为她觉得必须要搜他。她要知道他的情况，知道了，她就心安了。她不想打扰他，又觉得必须要见他一面，就根据他个人简介中留下的手机号给他发了短信。"就见一面。"她小声说，说给自己听。"也只能见一面了。"她在心里说，也说给自己听。

见面，没有想象中的尴尬和陌生感。心里惦记着"潘虹"，简单地闲聊之后，她故作轻松地，以玩笑的口气问他："'潘虹'还在吗？"

他没想到她会问这个问题，没有想到"潘虹"在她心里是她和他之间的纽带。他想说"还在"，还是说："不在了。"他从不骗人，更不愿骗她。说一句假话，就是对她的亵渎，也是对他和她的纯洁感情的亵渎，他想。

她不为"潘虹"难过，也不为自己难过。她觉得"不在了"才是合理的。他没骗她，她在遗憾之后觉得自己真的没有看错他，他这么多年来没有变，心里高兴又泛起一缕苦涩。

他想说，他把"潘虹"保留了很久很久，即便三年前第二次搬家，从墙上取下来的时候又弄坏了一个角，不能再贴在墙上了，他还留着它，放在书房的书橱里。

看书累了，遇到烦心事了，他就会取出来看看。

一年前，他取出来再看的时候，他的爱人看到了，什么也没说，就走出了书房。他就对他的爱人说，'潘虹'旧了烂了，扔了吧，他的爱人没有表达意见，他才把"潘虹"叠起来，扔了。

最后，他决定不说。说了，都伤感；解释，多苍白。他想。

他不说"潘虹"为什么不在了。她不再追问。他和她都觉得这样很好。

她也克制自己不去想象"潘虹"是怎么不在了。因为无论怎么想象"潘虹"不在了的场景，他在这个场景中都是受伤的。她希望他是幸福的快乐的。在她心里，他这个单纯的傻子还是那么傻。

看着他两鬓白发，她说："潘虹老了。"她说这句话是想说她自己老了，他也老了。老了，往事并不如烟，又能如何呢。真正的苦难是不能回忆的。"在我眼里潘虹永远不老。她的眼睛、眼神、眼神里的东西是永远青春的，她给了我青春的梦想和道路。"他看着她说潘虹，也是在说她。

她的嘴角颤动了一下，朝左边看，看他，也看窗外、窗外的雪。"雪下大了。"她说。"白雪覆盖的世界是美好的干净的，犹如逝去的青春岁月，犹如永远不会忘记的青春记忆。"他说。仿佛青春又回到了他的身上。

她被感染了，笑了，说出了自己的感慨："彼此是对方的希望，又都只能陪对方走一段。""也可以说仅仅是抱团取暖吧。"她觉得说出口的话不是很妥当，就更正了一下，加上了这一句。

"那一段路是处于人生十字路口的路，决定了一生的路的方向，很重要。"他被她，也被自己感动了，说出了存留于心底三十三年的话。有机会跟她说，说出自己内心的话，让她知道就够了，他想。

她越过他的目光，看着窗外纷飞的雪，说："做不到的事，不说。有些事，等做到了再说，又迟了。""遇见了一生中最想遇见的人，就没有遗憾了。这样想，就是愉快的，这一生就值得了。"她又说。

多少年过去了，多少苦都吃过了，对她来说，还有什么过不去的呢。她想见他，也不过是想最后看他一眼。她不放心他，她要亲眼看到他，确认他真的过得好，而不是像网上的个人简介里说的那样好。

他也回头看窗外纷飞的雪，找不到合适的话。

七十四

"校长怎样了？"她想到校长，问他。她不敢问他："校长可在了？"她心里放不下的还有校长。"去年看过他老人家，身体还不错，就是不太认识人了。"他回答。他不想用"老年痴呆"这个词说校长。

"你去看他时，他还认得你吗？"她心里为校长难过，希望校长还能记得他和她。"农中的人，就还记得你和我。我去了，他问我，问我是不是找到你了。"他说，"他以前不让我去自行车厂找你，现在又问我是否找到你了。他惦记你。"

"那你怎么说？"她急于想知道。这个回答对她很重要，她认为。"我说我找到你了，你很好，他就咧着嘴笑。"他说。

她低下头擦完眼泪说："校长一个人过，现在谁照料他？他女儿？他女儿好像学习很好，应该考上了学校，在外地。""他后来的妻子，就是他前妻的那个表妹在照料他。校长还是跟她在一起了。"他说。

"如果我痴呆了，你能照顾我吗？我是说我在养老院，或者在别的什么地方，你能时不时来看看我？以朋友的身份，仅仅以朋友的身份。"她不知道自己怎么了，问了这个问题，想知道答案。他的心痛了。这个问题透露出她的婚姻的不幸，她不快乐。

"会的。一定会。"他没有丝毫的犹豫，认真地说，"去的时候带点好吃的给你。痴呆了，就只知道吃了。"他这么说，是想让气氛不要太凝重。对于他的回答，她感到满意，说："你还是你，一点都没变。说话直来直去，不绕弯子，想说什么只管说。敢说我只知道吃了，只有你了。"

"哪天我们一起去看看校长吧。老人家很想你，你可不能无情。"为了让她从悲观的情绪中走出来，他把话题重新聚焦到校长身上。

"我一直感激他老人家。两个月前去农中看他，不过，没看到。咱们的农中也不存在了，现在是工地。只有那个水库还在，孤零零的。"她说，"在水库边坐了一会，发了一会呆。看着水库里的水，我在想，只有这水库还能记得我吧。"

"我好像还看到了水面上我们的斜斜的倒影了。"她没说。她和他唯一一次一起从镇上回学校的那次，也就是他帮她拎煤油桶的那次，走在水库大坝上，看到水面上他和她的或远或近的影子，她好想那就是她和他的合影，就是她和他的定情照。最近这两个月，她老是感觉那影子就在她的眼前。

"学校撤了，去年撤的，跟镇上的中学合并了。"他说，"校长退休后就住在镇上了。我带你去。"

"心里想去，去不了了。替我向校长问好，就说我很想念他，记着他的好；就说我现在过得很好，等我有空了，就去看他。"她把脸侧向右边说，声音中有藏匿不住的悲凉。

"现在过去很方便。我开车带你去，不堵车的话就半个小时左右的车程。"他以为她仅仅是因为感伤，才有那种悲凉。

"好吧。你等我消息。我有空就联系你。"她以这种委婉的方式拒绝了他。他没有听出来，就说："好的。我等你，等你消息。我现在除了一周几节课，闲得很，有的是时间。"

"你不做学问了？"她敏感地问道。"不怎么做了。做了几十年学问，没有用到智商，做这学问还有什么意思？"他说。

"你就是狂，干啥都自信得很，改不了。"她说。他得意地笑了，说："在别人面前装谦虚装了几十年，在你面前放肆一回。

七十五

"还记得我们有个同事叫肖明吗？"她问。她想尽可能多的知道曾经的同事的情况，哪怕这同事给她的印象并不好。"肖明还在那里教书，头发花白了，应该退了。

他有六十了。"他说。

"他也老了。"她说。她笑着告诉他，有一天夜里她拉肚子，开门去上厕所时，听见肖明的门也开了。她看到肖明出来，吓得缩回去，闩了门。大便是在小便盆里解决的，房间里都臭烘烘的，熏得她蒙着被子都睡不着，开窗睡又冷，折腾了一夜。

"人家可能也正要上厕所呢，也可能是想当护花使者保护你呢。你把人家看扁了。"他想把气氛搞得愉悦些。"你是幼稚男，你不懂。好多事我不想跟你说，说了你会批评我。几十年过去了，我提起这事，你都说我。我告诉你，校长叫我防着他，我不能不防。"她严肃起来。

"肖明后来怎么样，比如，结婚了吗？爱人是干什么的？"她又问。"他不结婚，当和尚，是不可能的。他在你我离开学校后很快就结婚了，找了咱们刘校长的女儿。刘校长的女儿还一直在食堂干活，过个年把估计就要退下来了。"他说。他没有说肖明结婚前闹出的一些丑事，他要给以前的同事留尊严、留面子。

"他跟这女孩的事我可能是最早知道的。他住在我西隔壁，晚上的动静我听得一清二楚的，有时闹腾得我都睡不好觉。在这女孩之前，他还有别的女孩。校长说他'太乱了'，没错。"她说这些，就像是在说昨天发生的事。"他跟这女孩修成正果，是救了他。搞不好会出事的。"

她追加了评论。

"你知道的比我多还问我。"他说。"我只知道开头，不知道结果，我是问你结果。"她说。"他俩结婚就好。有个女人拴住他就好。"她为肖明感到后怕，也为肖明感庆幸。

"他有个儿子，跟着我读硕读博，去年刚毕业，很优秀，留校了。你没想到吧。"他知道她希望肖明过得好，就说了肖明儿子的事。"他儿子这么优秀？都博士毕业了？我确实没有想到。这孩子的爸妈都不丑，长得不敢说帅，至少应该比肖明好看。有才气，又好看，女孩子喜欢，不要学他爸。"她说。作为女性，她是情不自禁说的。

"性格不像肖明，倒跟我年轻时有点像，很用功，比较闷，但是，又不像我那么倔。本科时谈的恋爱，看出来是对方追的他，博士毕业就结婚了。"他说。他为自己的弟子说话，说的也是中肯的话。

"裘师傅。裘师傅的情况你知道多少？"她想到了裘师傅，担心裘师傅无儿无女，晚年受罪。"他过得挺好的。"他停顿了一下说。"你不用担心他。"他又犹犹豫豫地加了一句。

"别骗我，说实话。你不会说谎，你看你说话都犹豫了。"她说。"他走了，在天堂过得挺好的。"他说了实话。

"哪年走的？"她说。"三年前。"他说。看她的眼泪一下子落了下来，他安慰她说："还记得裴师傅那个干女儿吧？那个干女儿够孝敬的，裴师傅最后不能动，都是她在照顾，没受什么罪，最后也是她送走的。"听他这么说，她收住了眼泪。

"说到现在都是说别人，说说我们自己吧。你先说说你吧。你说，我听。"他说。他把话题引向她，想知道她的一些情况，也希望她不要再伤心落泪。她说她不想说自己，她过得好不好，不用她说，他能看出来。

"那就说说我吧。我来说我自己，向你汇报一下我的大致情况。"他说。他刻意用"汇报"这个词，是想博她一笑。她说她不想听，他的情况网上能搜到，见到他，她就知道他各方面都很好。

"就是想见你一面，单纯地想见到你。见到你，比说什么都好。"她说。"再不见，怕没有机会了。老了。"她又不由地感叹一句。"那你就好好看看我，我不说话。"他说。没有在意她的感叹。她点了点头，表示赞同。"你也好好看看我。"她心里说。

七十六

在他和她聊天的工夫，菜已经上桌了。服务员提醒他俩菜上齐了，再不吃就凉了，他俩相视一笑。

看到是红烧肉、清蒸鲫鱼、青椒炒茄子和青菜豆腐，他看了她一眼，什么也没有说。她看出来，他还记得她请他吃饭时做的也是这四个菜，他的心里一直有她，有她的位置。

"红烧肉油腻，以后少吃。"她说。"知道油腻还点，我是吃好，还是不吃好呢？"他说。在她面前他是放松的，没什么顾忌的。

她说："哪知道你变胖了呢。这次好好吃，解解馋，以后不吃就是了。"她说这些的时候，看着他，像姐姐，也像母亲。他点点头，说了声"好的。"

"那次请你吃饭，你说你不喜欢吃鱼，尤其不喜欢吃鲫鱼。这次我还是点了。"她又说。他说："你说你喜欢吃。你还说，吃鱼不能急，鲫鱼刺多，一不小心就会被鱼刺卡了。我后来每次吃鱼，不论吃什么鱼，总会想起你的话，从来没有被卡过。"

她听了很欣慰，这欣慰写在了脸上；又有点伤感，藏在了心里。

她告诉他，她以前也不喜欢吃鱼，特别是鲫鱼，因为鱼有刺，鲫鱼的刺更多更小。但是，她父亲最爱做鱼，她也就慢慢地学会了吃鱼，学会了享受吃鱼的感觉。每次吃鱼，他父亲总是说鱼虽刺多，味道好，人生也是一样，有苦才有甜，有曲折才有收获。说得她有时吃鱼时把父亲的这些话抢先说一遍，有时还临场发挥一下，每当这时，她父亲就会露出满意的微笑，以至于她母亲说她和她父亲是一对神经病，吃个鱼都吃出人生来。

她没有告诉他的是，她还从吃鱼中琢磨出另一种人生智慧，就是做事不能急躁，不能冲动。急躁了，冲动了，就会适得其反。那次请他吃饭，她没说这个，是怕他嫌她啰嗦，吃个鱼还啰嗦半天；也是知道以他的智商，吃鱼吃多了，会悟出来的。

想到父亲，她的心很痛，如刀绞。如果没有父亲，她这辈子不会有读书的机会，甚至都不会有这辈子。她是她的父亲从乱坟岗捡回来的。她的父亲是在她参加工作的第一个月走的。没有报答父亲的机会，是她对于父亲一生的遗憾，想起来就难过。

他听了很感动，这感动藏在了心里；又有点感慨，写在了脸上。

只是她的用心，他当时没有感受到。这么多年，他还是不喜欢吃鱼。忙忙碌碌，没有想日子是怎么过去的，也不想走过的沟坎和坦途。

"怎么不早说呢？你一个小女孩，哪想到心思这么深呢。你应该直接跟我说，生活就是鱼刺，脾气再大性子再急也不能跟生活较劲，除非你想头破血流。"他说着这些，回过头看了看窗外飘飞的雪，心里是温暖的。"你这么聪明，不能细细品味啊，还要我说出来。说出来，显得你多笨。"她嘴上这么说，心里想说的是："你这么自信倔强的人，谁好意思跟你直说。"

"我聪明，我的聪明都用在学习上了，其他方面是白痴，也是不在意的。我在农中时在意过什么了？"他还想当时只想掩饰别离的惆怅与苦痛，哪有心情想这些。

正是因为他什么都不在意，她才担心他。"篮球都不会打，只会打架。"她想到农中时候的他，在心里说着，没有接话。

从包里拿出一瓶半斤装的古井贡，她说："你喝酒，我以茶代酒，陪你。"他诧异，说："戒酒了？你是很能喝的。"她有些失望，说："就喝过那一次。"她说的那一次是指校长带着大家上访前的那天晚上的聚餐。

见她有些失望，他说："确实就见你喝过一次酒。你那一次喝酒救了我，要不然就没有我后来的一切。"她很开心，说："大教授就是大教授的命。你就是不考研，不当教授，你也不会待在农中一辈子的。世界之大，只属于你这样的强者。"她这么说的时候，像一个慈祥的母亲，内心里装满了骄傲。

七十七

她喝白开水，他自斟自饮。她和他的话少了许多，有一句没一句的闲聊都局限在谈论菜的味道。这氛围让她和他都想到了她在宿舍请他吃饭时的场景。

"我也喝点酒。"她拿过酒瓶，向服务员要了一个小酒杯，给自己斟了一杯。"不喝酒没气氛。"他得意地笑了。

"喝吧。"她端起酒杯想抿一小口，嘴唇凑到酒杯，闻到酒味，就大声咳嗽，停不下来。他起身夺了她的酒杯说："不能喝就不要逞能。这酒都是我的。"

她遗憾地说："年龄大了，沾酒都不行了。"他说："身体不骗人。你要多锻炼。进来时看你脸色不好。"

她说："不说我。我只能以茶代酒了，茶都不是，是白开水。敬你。你要喝干，不要放不开，每次一小口。这可不像你的性格。"他这才将杯中的酒满上，一干而尽。

几杯酒下肚，他的脸色红润起来，话也就多了起来，说了自己几十年来的奋斗历程，说了爱人一见他看书写作就唠叨。她听得津津有味，近乎贪婪地看着他，想记下他的声音、他的容貌、他的神态、他的一切。

心里有着一些事，有些话总是想说出来。她问起那个追过他的学生。在她看来，这个很重要。他说那个学生在北京的高校读了研，毕业后去了哈佛读博，功成名就后前几年回国了，在自己母校担任特聘教授。

"她后来是不是还经常写信给你，追着你不放？"她问他。"没有。她很懂事。到北京读研就是听了我的建议。"他说。"你们联系多吗？"她又问。"不多。偶尔在学术会议上见到。过年过节，她会发个微信给我，问候我一声。"他说。

"在你心里，你是否后悔？我是说后悔没有选择她，没有接受她的爱。"她逼问他。"从来就没有后悔过。我们是师生，仅仅有师生情。"他如实说。

她松了一口气，他的回答正是她想要的。他笑话她是不是在吃醋。她没有回避，说："是的。""女人不管年龄多大，在某些方面都是小心眼。"她又很认真地说。

这下轮到他沉默了，也体会到了他在她心中所占据的地位。他甚至猜想她的婚姻的不幸与自己有关。这样想，他又充满了自责。

"随便说说话吧，不要沉默不语。我喜欢听你说话。"她在他沉默不语的时候说。"这次不好好听，或许就没有下次了。"她在看似无意中又说了以上的话。"联系上了，以后见面聊天的机会多。住得不远，散散步都能遇上。"他安慰她，没有想太多。

"我能问你问题吗？我是说有可能涉及隐私的方面。"

她忽然直视他的眼睛说。由于酒精的作用，也由于他对她从不设防，他就说："男人没有隐私，随便你问。""你以后会记得我吗？"她问了一个在他看来很奇怪的问题。"当然记得。"他想都没想就说。

"我是说那种记得。那种带有怀念之情的记得。"她解释她所说的"记得"的含义。"你这是怎么了？我要想见到你，我就打个电话给你，咱们见面聊聊。我干嘛不见你，要怀念你。"他被她弄糊涂了。

"不许你问我。我就问你，如果见不到我了，你会怀念吗？"她说。"会想念，而不是怀念。这些年都是想念。特别想念那一段岁月。刻在心里了。"他说。

"我在你心里重要吗？不要和别人做比较，你就回答我，重要还是不重要。"她说。他认为多年未见，她是太激动了，就说："当然重要，而且很重要。"

"陪你喝一杯吧，就一杯。"她恳求他。他同意了，在她的酒杯里滴了几滴酒，递给她。她在酒杯里倒了一点温水，稀释了一下，然后举起杯子碰了一下他的酒杯，忍着痛苦喝了下去，随即大声地咳嗽，把喝下去的酒都吐了出来。他迅速站起身，扶住她，轻轻地、有节奏地拍她的后背，边拍边说："心意到了就可以了，何必喝下去。"

她咳好了之后告诉他："有些心意是必须要用行动来证明的。"接着她又说，"此生有憾，也无憾了。"

他不敢看她，扭头看窗外的雪。雪在他的眼里被风吹散了，吹碎了。

七十八

走出酒店，雪停了。他嘴上说"小心路滑"，左手已经抓住了她的右手臂。她昂起头看了看他。看到她羽绒衫的帽子没有戴整齐，他帮她戴正，她很顺从地随他调整。他发现她额前的头发有点歪，像假的一样，她感觉到了，把头发理了理。

出租车来了，他要送她，她拒绝了。他让她先走，她叫他先走。"我是姐姐，比你年龄大，大两岁。当然要让你先走。"她说。"我上小学迟，年龄是改的。我爸求我妈求了两年，我妈才同意我上学。"她又说。

他乖乖地说："那姐，我先走了。下次我约你。"她点头示意他走。他握了握她戴着手套的手，她张开双臂抱了抱他，把头轻轻地贴在了他的胸前，又昂起头看了看他，看得他觉得她的眼神有些异常。

上了车，摇下车窗，他向车窗外看她，想跟她道别，看到的是她背过去的身影。他觉得她的身影沧桑、弱小又疲倦，疲倦得随时都会倒下。

在车上，虽然酒精限制了他的思考，他还是试图回忆见面时她说过的每一句话，揣摩每一句话背后的意思。他认为不是自己过于敏感了，她确实过得不如意，仅仅是不如意也就罢了，这不如意的背后有酸楚与不甘，这酸楚未必跟自己有关，而不甘则应该跟自己有关。

"她可以不是这样的。她就不应该是这样的。"他对自己说，说得有些语无伦次。"以后多联系她，多跟她聊聊天。有一个年轻时的同事、朋友从心里关心她，她会逐渐好起来。"他又对自己说。

回到家里，他看见爱人坐在沙发上看着电视，打瞌睡，又像是在等他，就走过去关了电视，跟爱人说："十点多了，睡吧。"爱人睁开眼睛看着他说："茶泡了好一会了，喝点茶，醒醒酒。"

他血压有点高，每次应酬，只要他喝酒了，爱人就会抱怨。这次没有抱怨，他不习惯，就说："喝了点酒。"爱人说："你一进门，我就闻到了。正在打瞌睡，都被你满身酒味刺激醒了。"

"不问问我跟谁喝的酒？为什么喝这么多吗？"他说。他想告诉爱人，他见了多年前的同事，还想告诉爱人，这个同事对他很重要，又觉得不便主动说出来。"跟谁喝酒都是喝酒，这么多年我都不管不问，今晚为什么要问？喝醉也就三两，你还能喝多少？以后尽量不要喝酒。伤身体。"爱人说。

爱人不问他跟谁喝酒，又说："我也不想操这份心。操心多了，真像个老大姐了，你就越来越依赖我了。""再过年把两年你退休了，整天就围着我转，不想当老大姐，也成了老大姐。"他等不到她的提问，心不在焉地说。

"洗个澡清醒清醒。内衣放在卫生间了。热水的水路开好了。"爱人看出他的敷衍，叫他洗澡，没有说："我退了，你不退，这也值得骄傲啊。""你先睡，我洗完澡要看会书，有个资料要查。"他说。他的心不平静，睡不着。说的时候又怕被看出来。

"不要太用功，身体搞垮了划不来。不过，今晚破例，你想在书房里待多久就待多久，只要不趴在桌子上睡着了就行。"爱人说，"喝了这么多酒还看书，书看你还差不多。"

洗完澡，进了书房，打开电脑，他把桌边的一本书拿过来，随便翻了翻，看不下去，何况进书房也不是真的为了看书。

掏出手机，他看到她一刻钟之前发过来的短信："到家了？"他把手机设置成静音后，给她回了短信："到家了。谢谢你。"她回复："不客气。晚安！"没有给他再聊下去的机会。他看了手机半天，回复："晚安！"

第二天早晨醒来，他收到她的短信："早安！多照顾自己。做一个好丈夫。免回复。"他没有听她的话，回复道："早安！开心！开心过好每一天。做一个快乐的姐姐。"

七十九

一周之后，他发短信给她，说想送两本自己写的书给她，她没有回复。他打电话给她，发现她手机关机了。一个月之后，他再次打电话给她，手机号已经是空号。"见了一面，知道了我的状况，不想再打扰我，不想再见面了。"他这样想她。

三个月之后，他收到她的信。看到信封上的曾经熟悉的笔迹，他就知道是她写的。迫不及待地拆开信一看，里面有两张纸，上面的一张纸是信纸，信纸上只有她写的一行字："在我那里栽一棵树吧。"下面的一张纸是B5的打印纸，纸上打印的是她的墓地的地址。

捧着信，他泪流满面，又不敢相信。以最快的速度撞进自己的工作室，关上门，他痛哭失声。他觉得自己的心碎了，完全碎了。

心里太痛了，他不想回家，打算给爱人发个微信，说自己中午和晚上都有应酬。拿出手机，他看到爱人的微信，说这两天住在父母那边，父亲这两天血压忽高忽低，要照顾。没有多想，他就回复说"好的"，然后又放声大哭。

哭完之后，他想，就在她的墓前栽一棵刺槐树吧。他想起了她门前的那棵刺槐树，想起了他指着她门前的那棵刺槐树跟她说的话。

他不知道的是，她是在病房里给他发短信，约他见面的，在约他见面的第三天她就永远地走了，而他和她的相见是他的爱人促成的。

在生命的最后的岁月，她嘱咐前夫要懂事，要听"爸妈"的话，要照顾好"爸妈"，在给自己的墓立碑时要署上"弟：为明。"

她最放心不下的还是他。她向他的爱人吐露了不能忘却的往事，说想见他，没有别的意思，就是见一面，看看他现在的样子，了却一桩心愿。他的爱人很震惊，震惊于他和她有着这样一段纯洁的感情。为了不让她太难过，为了不让事情复杂化，他的爱人没有说自己就是他的妻子，劝她不要犹豫，想见就见。他和她的相见，他的爱人是知道的。

他不知道的还有，信封上的文字以及信纸上的文字是她在病床上写的，而在B5纸上打印的文字是她生前交代他的爱人打印的，她写给他的信是他的爱人寄给他的。他的爱人这两天住在父母那边，是有意的。

第二天早晨，他早早去菜市场买了菜，做了红烧肉、清蒸鲫鱼、青椒炒茄子和青菜豆腐。"她喜欢吃。"他想。

在去往她的最后的归宿的路上，他开着车，出了城，不停地往马路两边看。虽然他知道，刺槐树在城里不常见，在野外还是常见的，可是当他在马路边看到了几棵小小的刺槐树时，还是在心里说："这是天意。"

把车停在路边，他用新买的铁锹挖了一棵。

世界在他的眼前模糊了，模糊成她的沧桑、弱小又疲倦的背影。

写于2022年暑假

改于2023年3月中下旬

后记

上小学的时候喜欢数学，当媒体铺天盖地地宣传陈景润的时候，我有了所谓的理想：长大后当数学家。在乡里的新华书店买过两本书，其中就有一本陈景润所著的《初等数论 I 》。上初一的时候，曾看过这本书，看不懂；后来在师范学校读书时，才看懂其中的一些内容。

初中毕业后没有上高中，而是上了师范学校，这标志着我的人生的巨大改变，也正式宣告成为数学家的梦的破灭。在非常痛苦的日子里，我想到了退学，性格也变得愈加内向。为了改变这种状况，我到合肥新华书店买了一本《青年心理学》，为自己疗伤，同时，想通过写作给自己找到一条新的出路。就这样，当作家成了我新的理想。

　　本来并不喜欢语文，就怕写作文的我，强迫自己爱好文学，业余时间全部用来看文学书籍，看文学期刊，写小说。由于没有天赋，也没有生活方面的积累，写出来的小说被多家刊物退稿，后来，又学习写诗，写得更差。唯一的收获是，我知道了什么叫作灵感。有一天上课时写诗，苦思冥想也写不出来，下课时忽然就灵光乍现，莫名其妙地想明白了，好的诗句很自然地从笔尖流淌出来。我当时认为这就是灵感。

　　写作的失败让我意识到必须另找出路。在四年级的时候我决定考研，考中国古代文学专业的研究生，研究唐诗，为此，我买了些大学中文专业的本科教材，也把英语书拾了起来。不过，这些本科教材到现在我也没有真正看过，还静静地躺在书橱的最底层。

　　从师范学校毕业后，我被分配到了老家的一所初级中学教书。由于这所学校是我的母校，我在这儿读过初一，我的数学老师觉得我学生时代数学不错，就推荐我当数学教师。多年后，他告诉我，他一辈子就教过两个有数学天赋的学生，其中一个就是我，让我心里又痛了一次。在教学之余，我集中精力看高中课本，打算两年后参加成人高考，先上合肥市教师进修学院搞个大专文凭，然后考研。

　　由于同事中年轻教师太多，大家都想进修，需要论资排辈，我临时决定参加高考，考上了安庆师范学院历史系，准备以后报考中国古代史专业的研究生，研究先秦史。填志愿的时候之所以没有填中文系，是因为我比较感性、脆弱，当时感到看文学书影响了我的心情。

本来就对历史没有多少兴趣，对研究历史的价值更是有误解。研究历史而不能创造历史，研究对象随着时间的流逝而渐渐失去了价值，研究出来的成果就是达到世界第一的水准也没有意义，这已经让我很痛苦，让我对研究历史的价值产生了怀疑。一个老师上课时说，写历史论文要看很多书，论文要有几十个乃至上百个注释、参考文献，有时注释的字数都要超过正文的字数，让我对历史彻底失去了兴趣。我觉得光靠看书就能解决的问题就不是问题。

读大学的目的就是为了考研，在这方面我没有什么迟疑。在不知道哲学为何物的情形下，我认为哲学是永恒的、永远不会过时的，只要能够建立起真正的哲学体系，就会有永恒的价值。放弃考历史方面的研究生之后，我没有任何犹豫就决定自学哲学，报考哲学专业的研究生。由于英语很差，在西方哲学和中国哲学之间我只能选择中国哲学，报考中国哲学专业的研究生。研究哲学，建构自己的哲学体系，成了我的又一个理想。

三十余年过去了，在哲学研究方面没有做出什么像样的成绩，更没有建立什么哲学体系，只是因为研究中国哲学的圈子太小，并且在圈子里待久了，才被同行熟悉。偶尔翻翻自己写过的书、看看自己写过的论文，没觉得有哪一本书、哪一篇论文有多大价值。

职业暮年，没有理想。想起小时候的数学梦，只有无奈和哀叹。不止一次地想，如果上了高中，读了大学，学了数学专业，我很可能不会成为数学家，但是，一定会成为优秀的数学教师。我不是一个很聪明的人，个性较强，肯拼命，是我的资本。想起年轻时写过小说，没有成功，心里不服，手忽然痒了起来，就决定重操旧业，再次写起了小说，这就是这篇小说的来历。

也许有人会说这篇小说写的是"中师生"，里面应该有一点点我的影子，毕竟我跟小说中的男女主人公一样，也是"中师生"。其实，小说就是小说，肯定是虚构的。相比于小说中的男主人公，我的学习经历可能更丰富、更曲折一些，而我的感情经历可能更简单、更顺畅一些。不过，我得承认，在男主人公的性格和生活习惯的描写上，确实有一点点我的影子。我是一个比较固执的人，也是一个有一点洁癖的人。

在写这篇后记的时候，想到了我在师范学校读书时的同学。我们中的大多数人毕业后都去了农村的中小学，年轻的时候大都过得不是很如意：一方面是心太高，心理有落差；一方面是工作条件较差，找对象比较困难。在考上学校的人中，大概只有"中师生"这个群体毕业去向大多是农村。多年后相聚，有的人还在为此而感叹，感叹这个群体为农村基础教育的付出,感叹这个群体韶华已逝。

其实,考什么样的学校,学什么样的专业,从事什么样的工作,有什么样的人生,都未必能够取决于自己,但是,拥有什么样的人生态度却一定取决于自己。干好自己的工作,开心地生活,就够了。往昔就是往昔,过去的、过不去的,都过去了。

我经常想,如果不是上了师范学校,我的人生将会是另一种人生。在师范学校读书的四年是我人生最困难、最痛苦的四年。理想的毁灭、人生的困境、在困境中的苦苦挣扎,都发生在这四年里。从本质的意义上看,这四年可以说浓缩了我一生的曲折。从此以后,我再也不知道什么叫苦难、什么叫痛苦、什么叫绝望。

初中时的我随遇而安,对自己的要求不高,觉得只要以后能上个高中就行了。上课时不怎么听课,有时还旷课,喜欢跟成绩差的同学在一起玩,看到成绩好的同学在用功,没什么感觉。上了师范学校,时时感受着生命中的绝望,承受着难以承受的压力,我可以说是彻底地改变了:有了非常明确的目标,为了实现目标可以日复一日地去奋斗,不把任何与人生目标无关的事放在心里。当然,这种改变,也可以说是激发出了我本来就有的另一面。

絮絮叨叨写了这些,是因为有些话放在心里很久了,想借这个机会说出来。人生不易，困难肯定会有，不必慌张，不要着急，去一点一点地解决它，这是我要对年轻人说的话。

最后，我要说的是，这篇小说的出版得到了责任编辑杨旭老师的帮助，感谢杨老师！我还想说的是，谨以此书献给我所有的老师！

写于2023年5月19日